WARRAAQSA BINEELDOOTAA

Kan Mataatti Baatantu Mataatti Nama Tufa

Abinet Olqabaa

CONTENTS

SEENSA

Kitabni kuni akka lakkoofsa warra awurooppaatti bara 1945 Nama Joorj Oorweel (George Orwel) jedhamuun mata-duree "Animal farm" jedhuun afaan ingiliziitiin barreeffame. Kitaaba kana Barreessaan Masfin Maammoo jedhamu gara Afaan Amaaraatti bara 2011 jijjiiree kan maxxansiise yeroo ta'u, mata-duree "Warraaqsa Bineeldootaa" jedhu kenneefii gara Afaan Oromootti kan isinii jijjiire Abinnat Alamuu Olqabaan jedhama. Yaadannoon kitaaba kanaa ilmaan Oromoo bilisummaa fi badhaadhina uummata Oromoof jecha dararamanii fi wareegamanii maraaf naaf haa oolu. Waan dubbistaniif galatoomaa.

WARRAAQSA BINEELDOOTAA

BOQONNAA TOKKO

Abjuu Maanguddoo Daalachoo

Dajjaash Bulchaa abbaan qabeenyaa bakka qonnaa Koomboo aduun seentee yeroo galgalaa'u Mana lukkuleen keessa bulani haa cuccufuyyuu malee, akka malee machaa'ee waan tureef qaawwa karaa lukkuleen ittiin gadi babba'ani garuu cufuu dagatee ture. Ibsaan dhagaa baatiriitiin hojjetu kan inni harkatti qabate sun harka isaa isa inni machiidhaan oliif gadi raasu waliin raasama. Ifa asiif achi raasamu inni kennuun dursamaa dirree qonnaa qaxxaamuree gorduuba Godoo isaa bira yeroo ga'u kophee boottii miila isaatti jiru baasee gara Godootti ol seene. Diinqa seenee Daadhii naqamee ture buufatee habbuuqqachaa bakka ciisichaa Haadhi warraa isaa kurruuftee rafaa jirtutti ol darbe. Battaluma Ifti bakka ciisicha keessaa ifaa ture dhaametti mannenii fi dallaawwan buufata qonnaa sana keessatti ijaaramanii jirani hunda keessaa gungummii fi asaasuun bineeldootaa ni eegale. Guyyaa guutuu odeessamaa kan oole booyyichi inni adiin hin kolaasamne Maanguddoo Daalachoo jedhamu suni eda galgala abjuu adda ta'e argee buluu isaa fi abjuu arge kanammoo Bineeldoota bakka qonnaa kana keessa jiraatani hundatti himuu akka barbaadu dha. Haala walii galtee isaaniitiin Dajjaash Bulchaa yeroo hirribni cimaan isa fudhatee deemu Bineeldooliin hundi man-kuusa midhaanii isa guddicha keessatti walitti qabamu. Maanguddoo Daalachoon (Yeroo hunda kan waamamu akkas jedhamuun ta'us, maqaan ifaan isaaf ba'e garuu 'Bareedicha Leeqaa' kan jedhu ture.) Bineeldoota bakka qonnichaa keessa jiraatan hundaan kan kabajame waan ta'eef hirriba sa'aatii tokkoo dhabanii waan inni haasa'u dhaga'uudhaaf hunduu qophaa'oo turani. Maanguddoo Daalachoon Man-kuusa midhaanii isa guddicha keessa qarqara bakka Afatni marga gogaa irraa tolchame afame, bakka dungoon qabsiifamee gardaffoo man-kuusichaa irra kaa'amee jiru sana jalatti isaan eega. Umuriin isaa waggaa kudha lama ture. Hagam yeroo dhiyoon asitti qaamni isaa furdina dabalee qarriffaaleen isaas sirreeffamanii muramuu baatanis, Maanguddoo Daalachoon garuu Booyyee simboo hayyuummaa fi bilchaatinaa qabu ture. Battaluma sanatti bineeldootni adda addaa dhufanii akkaataa bifa isaaniidhaan bakka isaanitti tolu qaqqabachuu jalqabani. Dursanii kan ga'ani Saroota sadeen turani. Hagamsee, Kolaasii fi Jeedaloo turani. Itti aansuudhaan warreen booyyeetu dhufe. Waltajjicha fuuldura Bakka margi afamee jiru taa'ani. Lukkuleen foddaatti ol ba'anii tataa'ani. Gugooliin dagalee manichaa irra ol baba'anii boqotani. Hoolootnii fi Sa'ootni warreen booyyee duuba ciisanii alala guuruu jalqabani. Magaalii fi Diimee warri Gaarii Fardaa isa abbaa goommaa lamaa harkisani bineeldoota xixiqqoo warreen marga afame irra jirani irra ejjetanii akka isaan hin miciliqsine of eeggannoo godhachaa wal duraa duuba dhufanii ol seenani.

Diimeen kotte-duudaa umurii giddu galeessaa irratti argamtu Ilmoo ishee afuraffaa erga deesseen booda qaama furdattee dhaabbiin qaama ishee inni duraa tasumayyuu iddoo isaa isa duraatti deebi'uu ishee dide dha.

Magaal Bineelda guddicha hojjaa meetira sadi qabuu fi jabinni isaas jabeenya fardeen lamaa gitu ture. Sararri adiin bakka funyaan isaa qaxxaamuree darbu fuula gowwaa isaaf kennee jira. Magaal bilchaatinaan kan hamatamu miti. Isaan olitti garuu kan inni ittiin beekamu qajeelfama isaa isa asiif achi hin jennee sanaa fi hojjetaa cimaa ta'uu isaa irraan kan ka'ee kabaja bineeldoota warreen kaan biratti argateen dha. Fardootatti aansanii kan dhufani Re'ee ishee adii Shaashoo jedhamtuu fi Harree isa Jaarsoo jedhamee waamamu turani.

Jaarsoon Bineeldoota buufata qonnichaatti argamani hunda irra umuriidhaan isa hangafaa fi miirri isaa maal akka ta'e tasa kan hin bekamne dha. Darbee darbee qofa ture kan dubbatu. Yoo dubbates qeequuf yoo ta'e qofa. Fakkeenyaaf akkana jedha "Waaqayyo Eegee kan naaf kenne akkan ittiin Titiisa of irraa ari'uuf ture. Garuu, yeroo dhiyootti eegees hin qabaadhu titiisooliinis na hin weerarani." Bineeldoota buufata qonnaa kanatti argamani keessaa uumamni tasa kolfee hin beekne isa qofa dha. Maalif kolfitee hin beektu? Jedhamee yeroo gaafatamu "wanti kolfisiisaan tasayyuu na quunnamee hin beeku." jedha. Ta'us garuu ifatti amanamuu baatus Magaaliif onnee isaa irraa amanamaa ture. Ooyiruu lafa qonnaa fuduraa isa xiqqoo ce'ee argamu irra Magaal waliin wal bira dhaabbatanii utuu wal hin haasofsiisiin cal jedhanii marga dheedaa oolu.

Fardeen lamman man-kuusicha ol seenanii isaanumaa cinaacha isaaniii boqochiifatuu, Daakiyyoonni xixiqqoon haadhooliin isaanii jalaa badani waa lafaa fuffunaannachaa fi akka bineeldootni warreen gurguddoon utuu hin argiin isaan irra hin ejjenne bitaaf mirga ilaallachaa achumaanis bakka boqonnaaf isaaniif ta'u fagootti barbaaddachaa baay'inaan ol seenani. Bakka Diimeen miila ishee akka geengoo gootee ciiste keessa seenanii erga of mimmijeessanii booda hirriba isaanii keessaa fuudhuu jalqabani. Gaangee adiin isheen bareedduu fi gowwaan Gaarii geejjibaa Dajjaash Bulchaa harkistu Luuccee jedhamtu sukkaara ishee haala adda ta'een (Qeenxiidhaan) alanfachaa dhufte. Fuulduraa iddoo qabattee eegee ishee isa adii oliif gadi raasaa Faaya diimaan inni eegee ishee irratti hidhame akka isheef argamuuf ija salfiitiin oliif gadi i'ilaalti. Dhuma irratti kan dhufte Hadurree turte. Bakka ho'aa ta'e argachuuf oliif gadi naannoo ishee ilaalte. Itti aansuudhaanis Magaalii fi Diimee gidduu ruuqamte. Of mimmijeessitee ciistee kurruuffii ishee eegalte. Haasaa Maanguddoo Daalachoon godhe keessaa tokkollee hin dhageenye.

Allaattii isa gurraachicha sana, isa bakka bulmaata simbirrootaa Mana godoo boroo jiru irra bulu Cillimoo jedhamuun ala bineeldootni hundi isaanii bakka walga'ichaatti argamanii jiru. Maanguddoo Daalachoon bineeldooliin hundinuu bakka isaanii qabatanii akka isa dheegaa jiran hubatee qoonqoo isaa haxaawwatee haasaa isaa eegale.

Jaalleewwan koo, waayee abjuu ani kaleessa galgala abjoodhee hundi keessan dhageessanii jirtu jedheen abdadha. Waayee abjuchaa xiqqoo tureen itti deebi'a. Duraandursee waan ani isinitti himu dhimma biraan qaba. Akka ani tilmaamuutti yoo ta'e jaalleewwan koo! yeroon ani isin gidduu turuu danda'u xiqqachaa jira. Du'uukoon dura beekumsa ani muuxannoodhaan argadhe isiniif dabarsuudhaaf dirqamni ergamaa narra jira. Umurii dheeraa jiraadheen jira. Yeroon itti bakka bulmaatiikoo irra taa'ee xiinxalu hedduun qaban ture. Akkaataa amantii keessakoo jiruuttis ta'e akkaataa Bineelda addunyaa kana irratti argamu tokkootti, waayee maalummaa jireenyaa hubannoo ga'aa ta'en qaba jedheen yaada. Kan ani isinitti himuu barbaadus waayeedhuma kanaati.

Kanaafuu jaalleewwan koo! hiikkaan jireenya amma nuti jiraachaa jirru kanaa maalinni? Dhugaa jiru waliin sodaa tokko malee fuulleetti wal haa ilaallu. Jireenyi keenya dararamaa, dadhabsiisaa fi umuriin keenyas gabaabaa dha. Dhalannee jirra. Garuu nyaata kan nuuf kennani hanga lubbuu fi foon keenya tursuu dandeessu qofa dha. Humna isaa hanga qabaannetti hammittii coba dafqa keenya isa dhumaatti akka hojjennuuf nu dirqisiisu. Humni keenya nu jalaa miliqee dandeettii hojjechuu yeroo dhabnu gara jabeenyaan haala suukkanneessaa ta'een ajjeesamna. Bineeldi biyyittii kana keessa jiru kamiyyuu umurii ganna tokkoo booda gammachuu fi bashannanuun maal akka ta'e hin beeku. Bineeldi kamiyyuu biyya kana keessatti bilisummaa hin qabu. Jireenyi bineeldaa jireenya garbummaa fi gadadooti. Kana dha dhugaan inni ifa ta'e.

Egaa seerri adeemsa uumamaa kuni seera sirrii ta'eetuu? Moo Lafti nuti isheerra jiraachaa jirru kuni lafa hiyyeettii lafa uumama ishee irratti uumamanii argamani hundaaf nyaata ga'aa dhiyeessuu fi jireenya bu'uraa kennuu hin dandeenye taateetu? Akkas miti jaallewwan koo. Gonkumayyuu miti. Biyyeen biyyittii kanaa kan kenne dha. Qilleensi ishees raajii dha. Biyya bineeldoota amma ishee irra jiraachaa jirruun ol ta'e haala ga'aa ta'een nyaachisuu fi obaasuu, Biyya bay'inaan Oomisha ga'aa ta'e oomishuuf dandeettii qabdu dha. Bakki qonnaan nuti amma irratti

argamnu kunillee fardeen kudha lama, sa'oota digdama, hooloota dhibbaatamaan lakkaa'amani hunda bashannansiisee fi boonsee jiraachisuu kan danda'u dha. Kuni garuu nuyi warra bakka qonnaa kana irra jiraannuuf abjuu hin yaadamne nutti ta'ee jira. Maarree maalif dha nuti jireenya suukkanneessaa akkasii kana keessatti dararamaa kan jirru? Sababni isaas, Oomishni nuti dafqa keenyaan fidnu hundi dhala namaatiin waan nu jalaa hatamuufi. Jaalleewwan koo! dararamuu keenyaaf dhoksaan deebii keenyaa kana dha. Jecha tokkittiidhaan "Nama". Namni diina keenya isa tokkicha dha. Beelaa fi saammitii hundee isaa irraa buqqisnee gatuudhaaf 'Nama' isa jedhamu kana achi of irraa fageessuu dha.
Uumamni utuu hin oomishiin galchatu 'Nama' qofaa dha. Inni akka keenya Aannan hin elmamu. Hanqaaquu hin hanqaaqu. Gindii fi Qanbarrii harkisuuf humna isaa hin qabu. Illeettii ari'ee qabuudhaafillee humna isaa hin qabu. Garuummoo gooftaa Bineensoota hundumaati. Isatu gara hojiitti isaan geggeessa. Nyaata lubbuu isaanii tursu qofa isaan nyaachisee Oomisha dafqa isaanii hunda sassaabee fudhata. Humni keenya lafa qota. Bobbaatiin keenya xaa'oo ta'a. Nuti garuu gogaa keenya isa nurra jiruun ala homaayyuu qabeenya hin qabnu.
Sa'ootni warreen ani fuuldurakootti isin argaa jiru waggaa darbe Aannan liitira kuma meeqa ture kan elmamtani? Aannanni jabbilee keessaniif humnaa fi jabina isaaniif ta'uun isarra ture eessa seene? Cobni tokkoon tokkoon isaa qoonqoo diinoota keenyaatiin dhugamee jira. Isin lukkuleen waggaa darbe Hanqaaquu meeqa hanqaaqxani? warreen hanqaaqxani keessaas meeqan isaaniitu yaasame? warreen hafan hundumti isaanii Dajjaash Bulchaa fi Namoota isaaf maallaqa argamsiisuuf jecha gabaa ba'anii gurguramanii jiru.
Atoo Diimee? Ilmoon kee afran ati deesse yeroo dulluma kee si deeggaruu qabani eessa jiru? Tokkoon tokkoon isaaniiyyuu umurii ganna tokkoo isaaniitti gurguramanii jiru. Yoomiyyuu ta'e yoom tokkoon isaanii waliin tasa deebitanii ijaan wal hin argitani. Qonnaadhaan dadhabuukee fi ilmoowwan kee afraniif galatni kee maal ta'e? Nyaata ittiin lubbuu kee dheereeffattuu fi bakka ciisichaa moo?

Umurii jireenyi gadadoo nuti jiraachaa jirru kuni nuuf kennellee seeraan xumurree akka jiraannuuf nuuf hin eyyemamne. Bineeldoota warreen umurii arjoomamani muraasa keessaa tokko waanan ta'eef ani karaa koo hin gumgumu. Ilmoolee dhibba afuriin oli godhadheen jira. Umuriinkoos ganna kudha lamaa ol naa ta'ee jira. Jireenyi Uumama Booyyee akkana waan ta'eef dha. Haa ta'u malee, Bineeldi kamiyyuu xumura irratti albee gara-jabeenyaa warreen dhala namaa jalaa miliquun isaaf hin danda'amu.

Isin Booyyeen Dargaggoon warreen na fuuldura teessani, waggaa tokko keessatti buufata qonnaa kanatti yeroon isin itti sagalee iyya lubbuu dhageessistani ni dhufa. Gidiraa ammaa booda dhufu hambisuudhaaf Booyyootni, Lukkuleen, Hoolotni hundi keenyayyuu tokko ta'uutu nurra jira. Isin warreen fardaas ta'e sarootnis carraan keessan kan nurraa adda ba'e miti.

Magaal ati irreen kee warreen jajjaboon kuni humna isaanii fixanii guyyoota cooligan sana Dajjaash Bulchaan utuu oolee hin buliin warreen Farda qalanitti si gurgura. Isaanis morma kee sirraa muranii gatanii foon kee affeelanii adamoo wangootiif oolchu. Saroota ilaalchisuudhaan garuu yeroo isin dulloomtani ilkaan keessan isin irraa harca'a. Dajjaash Bulchaan morma keessan irratti dhagaa hidhee lageen warreen dhiyoo isaa jirani isin geessee achi keessatti ukkaamamtanii akka duutan isin godha.

Egaa jaalleewwan koo! gidiraan jireenya keenya keessatti uumame kuni hundinuu hundee fi burqaan isaa 'dhala namaa' ta'uu isaatiif akka aduu ifatti waan mul'atu dha mitiiree? Namni qofti achi nurraa yoo fagaate firiin dadhabsuu keenyaa hundi kan keenya ta'a. Yeroo dhiyoo keessattis dureeyyii fi bilisa ta'uu ni dandeenya. Kanaaf egaa maal godhuutu nutti jira? Eeyyeen! humna keenya hunda walitti qindeessinee warreen dhala namaa of irraa fageessuuf halkanii fi guyyaa hojjechuu dha jaalleewwan koo. Ergaan ani isiniif qabu kana dha. FINCILA!!

Fincilichi yoom akka ka'u garuu ani hin beeku. Tarii torban gidduutti yokiin waggaa dhibba keessatti ta'uu danda'a. Garuu akka ani amma marga gogaa na jala jiru kana ijaan argu hunda garaa guutuudhaan kan ani haasa'uu danda'u haa dafus yokiin haa turus garuu haqni ni dhugooma. Jaalleewwan koo! Umurii jireenyaa keessan isa gabaabaa keessatti galmi keessan kana haa ta'u. Hunda irra caalaatti ergaa kana Bineeldoota warreen isin booda dhufan hundaaf dabarsaa. Dhalootni borii wallaansoo kana isin harkaa fuudhee hanga inni mo'umsaan dhugoomutti wallaansoo addaan hin citne akka geggeessuuf.

Kana yaadadhaa jaalleewwan koo. Jabinni kaayyoo keessanii yoomis ta'e yoom hiikkachuun itti hin jiru. Walii galtee dhabuun kamiyyuu kaayyoo keessan irraa isin maqsuun itti hin jiraatu. "Namnii fi bineeldootni faayidaa waliinii qabu. Badhaadhinni isa tokkoo badhaadhina isa biraati" jedhanii lallaba isaan isinitti lallabani gonkumayyuu hin dhaga'iinaa. Hundumtuu soba dha. Namni faayidaa mataa isaatiin ala tasa faayidaa uumama biraa hin dheegu. Bineeldoota gidduutti, wallaansoo keenya keessatti, obbolummaan onnee irraa madde bakka haa fudhatu. "Namootni hundinuu diinoota keenya dha. Bineeldootni hundinuu jaallewwan keenya dha." Jecha kana irratti wacni cimaan uumame. Maanguddoo Daalachoon yeroo dubbataa ture sanatti Hantuutootni gagabbatan afur boolla isaanii keessaa ba'anii miila isaanii hudu-duubaa lammaniin kukuphananii taa'anii haasicha dhaggeeffataa turani. Sarootni Hantuutoolittii arganii tataf jedhanii ariitiidhaan irratti yeroo utaalani hantuutoolittiin saffisa uumamaa qabaniin gargaaramanii gara boolla isaaniitti utaaluudhaan lubbuu isaanii oolfachuu danda'ani. Maanguddoo Daalachoonis yeroo kana bineeldootni akka callisaniif miila isaa isa fuul duraa ol kaase.

"Jaallewwan koo" jedhe Maanguddoo Daalachoon. "Dhimmi nuti furmaata itti kennuu qabnu jira" jedhe. "Bineeldootni daggalaa warreen akka Hantuutaa fi Illeettii jaalleewwan keenya dha moo diinoota keenya dha? Kana irratti sagalee haa laatnu. Gaaffii ani manichaaf dhiyeessu kana dha. Hantuutooliin jaallewwan keenya dhaa?"

Kana irrattis sagalee kennanii guutummaan walga'ichaas caal-maadhaan Hantuutooliin jaalleewwan keenya dha jechuudhaan murteesse. Haa ta'u malee sagalootni waliin makamani afur ni argamani. Isaanis kan sareewwan sadeenii fi kan Hadurree turani. Sakattaa'insa gaggeessameenis Sarootnii fi Hadurrittiin bal-aaleeffachuudhaanis deeggaruudhaanis (kallattii lamaan) sagalee kennuun isaanii bira ga'ame. Kana booda Maanguddoo Daalach-oon dubbii isaa itti fufe.

Egaa wannan haasa'u baay'ee hin qabu. Irra deebi'ee waan ani isin hubachiisuu barbaadu yoo jiraate Yeroo hundayyuu taanaan dursa dirqama isin irra jiru akka yaadattani dha. Dhala namaa fi hojii isaaf diinummaan keessan yoomiyyuu taanaan akka dhagaa jabaatee kan dhaabbate haa ta'u. Kan miila lamaan deemu hundi diina keenya. Kan miila afuriin deemu yokiin balali'u hundi fira keenya. Falmii dhala namaa waliin goonu keessatti yoomiy-yuu yoo ta'e hojii dhala namaa akka hin dhuunfanne. Nama yoo mo'attanillee haala ittiin-jireenya namaa akka ofii keessaniif hin taasifne. Bineeldi kamiyyuu Godoo keessa jiraachuun yokiin siree irra ciisuun yokiin huccuu uffachuun yokiin dhugaatii Alk-oolii dhuguun yokiin Timboo xuuxuun yokiin qarshii of harkatti qabachuun yokiin daldaluun irra hin jiru. Haalli ittiin-jirrenyi namaa kamiyyuu taanaan hundi isaanii kan xuraa'ani dha. Waan hunda caalaatti, bineeldi kamiyyuu Bineelda kan biroo irratti cunqursa raawwachuun irra hin jiru. Dadhabaa haa ta'u cimaa, beekaa haa ta'u wallaalaa, hundi keenyayyuu obbolaa dha. Bineeldi kamiyyuu gonkumaayyuu Bineelda kan biraa ajjeesuun irra hin jiru. Bineeldi hundinuu wal qixa dha.

Dhuma irrattis jaalleewwan koo! Abjuu isa ani kaleessa galgala argen isinitti hima. Qabiyyeen abjuu ani kaleessa argees dhalli namaa erga badee booda waayee addunyaa itti aansitee jiraattuu ture. Maal seetani…? Abjuun kuni waan ani yeroo dheeraaf irraan-fadhe tokko na yaadachiise. Waggoota hedduun dura Booyyee xiqqoo ta'ee yeroo ani ture sana harmeen koo fi booyyootni war-reen kan biroos ishee waliin faarfannaa bara durii yeedaloo isaa qofaa fi jechoota fuuldura irratti argamani qoofa beekani tokko akka faarfataa turanin yaadadhe. Faarfannaa sana yaada ijoollum-maakootiin beekus garuu yeroo booda yaadannoo koo keessaa badee ture.

Kaleessa kunoo abjuun argee ture keessatti deebiseen yaadadhe. Kana duwwaa miti. Jechoota faarfannicha keessa jiranis hunda nan yaadadhe. Eeyyeen! shakkii hin qabu. Jechoota bineeldootni durii faarfachaa turani amma garuu yaadannoo dhaloota itti aansanii dhufani baay'ee isaanii keessaa badee jiru dha. Faarfannicha amma isiniin faarfadha jaallewwan koo. Sagaleen koo kan duude umuriin koos kan dulloome ta'us faarfannicha yoo ani isin barsiise isinimmoo anarra fooyyeessitanii ofii keessaniif faarfatattu.

'Bineeldoota Oromiyaa' jedha faarfannichi. Maanguddoo Daalachoon qoonqoo isaa haxaawwatee faarfachuu jalqabe. Dhugumayyuu akka jedhe sagaleen isaa duudaa ta'us faarfannicha bareechee faarfate. Yeedaloon isaa humna kakaasuu of keessaa qaba ture.

Jechootni isaas akkas jedhu.

Bineeldootni Oromiyaa, warri Wallaggarraa
Lagaan kan hiramtan Bineeldoonni Shawaa
Burqaa gammachuukoo kottatii hirmaadhaa
Bara ifaa dhufu na waliin daawwadhaa
Bubbulus saffisus guyyaan sun ni dhufa
Sanyiin dhala namaa hacuuccaan ni kufa.
Bakki qonnaa Koomboo Oomishni qonnaasaa
nu harkatti hafa.
Lootiin funyaan keenyaa nuttii ba'a
Luugamniif waanjoon nurraa ka'a
Gilaasni, koorichaan dugdarraa nu bu'a
Reebichi hin dhaabbata alangeen gad taa'a.
Jireenyi nuuf tolee mirgi nuu ragga'a.
Garbuu fi qamadii,
Margaa fi Inkirdaadi,
Aajjaa fi Baaqelaan sanyiin midhaanii hundi
Keenya qofa ta'u sanyiikoo gammadi.
Ooyiruu Koombootiif ifti aduu ni baati
Booruun carii ta'a,
Gaafa bilisoomne qilleensi urgaa'u nurra qilleensa'a
Guyyattii sanaafis haa dadhabu hundillee
Firiishii argatus arguu dadhabullee
Loowwaniif fardooleen, Daakiyyeef Handaaqqoon

Birmadummaaf jedhaa itti ha fufu qabsoon.
Bineeldoonni Baalee, Bineeldoonni Jimmaa, Bineensi Oromiyaa
Waayee bara dhufuu Abjuukoo waliin ga'aa
Anaanis dhaga'aa
Barri nu fulduraa bara ifaa ta'a!
Faarfannaan kuni yeroo faarfatamu Bineeldoota hunda isaanii gammachuu guddaadhaan lafti isaaniin maree waaqni ittiin gaggalagale. Maanguddoo Daalachoon jecha isa dhumaa faarfachuu isaa dura Bineeldi hundi of danda'ee faarfachuu jalqabe. Warreen dandeettii yaadachuu hin qabani jedhamanii ceepha'amanillee utuu hin hafiin jechoota faarfannicha keessa jirani xiqqoo isaa fi yeedaloo faarfannichaa sammuutti qabachuu danda'anii turani. Warreen abshaalli, fakkeenyaaf warreen akka Booyyee fi warreen akka Sarootaa daqiiqaa murtaa'e keessatti jechoota faarfannicha keessa jiranii fi yeedaloo isaa guutummaan guutuutti sammuu isaanii keessatti qabachuu danda'ani.

Xiqqoo erga irra deebi'anii faarfatanii booda buufatni qonnaa guutummaan guutuutti faarfannaa qindoome 'Bineeldoota Oromiyaa' jedhuun socho'e. Sa'ootni ittiin mar'atani. Sarootni ittiin iyyani. Hoolootni ittiin geerarani. Fardootni ittiin ilkaan walitti qarani. Daakkiyyootni ittiin wacani. Baay'ee itti gammaduu isaanii irraa kan ka'e utuu wal irraa adda hin kutiin si'a shan walitti aansanii faarfatani. Wanti addaan isaan kutu utuu uumamuu baatee tarii halkan guutuu faarfachaa buluu danda'u turani.

Akka carraa ta'ee waci faarfannichaa Dajjaash Bulchaa hirribaa dammaqse. Bakka buufata qonnichaa keessa waangoon galuu ishee shakkee utaalee bakka ciisicha isaa irraa ka'e. Qawwee yeroo hundaa bakka ciisicha isaa jiru kaasee si'a ja'a dukkana samiitti ol qabee dhukaase. Walga'iin bineeldootaas battaluma sanatti addaan citee bittinaa'e. Bineeldootni Hunduu bakka ciisicha mataa mataa isaaniitti miliqani. Warreen simbiraa gara godoo isaaniitti darbatamani. Bineeldootni hundi akkaataa gosa isaaniitiin hirribaaf lafa dhahani. Battalumatti buufati qonnichaa calleensa hirribaatiin liqimfame.

BOQONNAA LAMA

Fincilatu ka'e

Halkan sadi booda Maanguddoo Daalachoon lubbuun isaa ni dabarte. Reeffi isaas bakka qonnaa fuduraa 'Dajjaash Bulchaa' jalatti awwaalame. Kuni kan ta'e ji'a Hagayyaa gara jalqabaa ture. Ji'oottan itti aanani sadeen keessa sochiin bineeldootaan baay'ee dhoksaadhaan qabamee raawwatamaa turame. Bineeldoota buufata qonnichaa keessatti argamani keessaa warreen abshaala ta'anif haasaa Maanguddoo Daalachoon godhe waayee jireenya mataa isaanii ilaalcha gonkumaa adda ta'e isaan keessatti uumee ture. Fincilli ni ka'a jedhamee Maanguddoo Daalachoodhaanraagameef sunis yoom akka ka'u hin beekani. Bara jireenya isaanii keessatti ni ka'a amantii jedhus hin qabani ture. Gaheen isaanii qophaa'oo ta'anii dheeguu akka ta'e garuu haalaan hubatanii jiru. Gaheen Bineeldoota barsiisuu fi walitti gurmeessuu warreen booyyee irratti imaanaa kennamee jira. Kuni kan ta'eefis, warreen booyyeen Bineeldoota warreen kan biro irraa haala adda ta'een abshaaloota dha jedhamee waliigalteen dimshaashaa waan jiruufi. Booyyoota sana gidduudhaammoo Booyyootni dargaggoo hin kolaasamne lama beekkamtii guddaa qabu turani. Qerreensoo fi Shawwisaa jedhamu. Dajjaash Bulchaan horsiisa gurgurtaaf isaan nyaachisa ture. Shawwisaan Booyyicha guddichaa fi bifa sodaachisaa qabu kutaa kaaba biyyittii irraa dhufe dha. Buufata qonnichaa keessaa kan kutaa kaaba biyyittii irraa dhufe isa qofaa dha. Shawwisaan badaa hin haasa'u. Humni waan barbaade raawwachiisummaa isaa garuu kan kabajame dha. Qerreensoon Shawwisaa irra caalaa Booyyee tattaphataa yeroo ta'u, haasaa isaa ariitiidhaan kan haasa'u, dandeettiin waa uumuu isaas fooyya'aa ta'us garuu jabeenya amalaa hanga Shawwisaa hin qabu ture.

Booyyeen dhiiraa warreen hafani guutummaa guutuutti fufurdatoo fi hundi isaaniiyyuu nyaataaf kan qophaa'ani turani. Kanneen keessaa caalmaatti beekkamtii kan qabu booyyee xiqqoo furdaa, hidhii akka geengoo maramu, ija bibirratu, sochii qaamaa saffisuu fi sagalee gurra waraanee seenu qabu 'Qaqawwee' jedhamu dha. Dandeettiin haasaa isaa ni ajaa'ibsiifamaaf. Qabxiiwwan rakkisoo irratti yeroo haasaa godhu, bitaa mirgatti utaalaa fi eegee isaa oliif gadi raasaa yeroo dubbatu humna amansiisuu qaba ture. Bineeldooliin yeroo waayee Qaqawwee kaasani "Inni arrabni isaa xaafii akaa'a" jedhu. Warreen kuni sadeen (Qerreensoo, Shawwisaa fi Qaqawwee) barnoota Maanguddoo Daalachoo daran babal'isanii, qabiyyee fi dhaabbii itti uumanii, 'Bineeldummaa' maqaa jedhu itti moggaasanii jiru. Torbee torbeedhaan galgala galgala irra deddeebi'uudhaan Dajjaash Bulchaan erga rafee booda walga'ii dhoksaadhaan qabame waamuudhaan mankuusa midhaanii kessatti waayee kaayyoo Bineeldummaa warreen kaaniif lallabu. Yeroo jalqabaa baay'een isaanii kan argamani mee haa ta'u jechaa fedhii malee ture. Bineeldooliin tokko tokko Nama isa 'Gooftaa' jedhanii waamani Dajjaash Bulchaaf amanamummaa isaaf qabani kaasanii dubbatu turani. Yookiin "Kan nu nyaachisu Dajjaash Bulchaa dha. Inni yoo hin jiraanne beelan dhumna" jedhu. Tokko tokkommoo "wanta erga duunee booda uumamuuf maaliif dhiphana?" yokiin "erga fincilichi dhufuun isaa hin oollee nuti fincilicha fiduuf hojjetnes hojjechuu baatnes jiijjiirama maalii qaba?" jechuudhaan gaafatu. Gaaffileen kunneen seera Bineeldummaatiin ala kan ba'ani ta'uu isaanii hubachiisuuf isaan duukaa rakkataa turani. Hunda keessaa garuu gaaffii baay'ee gatii hin qabne kan gaafatte Gaangee ishee adii 'Luuccee' jedhamtu turte. "Haa ta'u malee garuu fincilicha booda sukkaarri ni jiraataa?" gaaffii jedhu ture Qerreensoodhaan kan isa gaafatte.

"Hin jiraatu!" jedhee Qerreensoon kutannoodhaan isheef deebisee. "Buufata qonnaa kanatti humna sukkaara oomishu hin qabnu. Hundaafuu sukkaarri siif barbaachisaa miti. Hanga dandeessetti Aajjaa fi Marga gogaa garuu argachuu ni dandeessa." "Eegeekoo irrattoo Faaya hidhachuu nan danda'aa?" jettee gaaffii ishee itti fufte Luucceen.

"Jaallee!" jedhe Qerreensoon. "Faayootni warreen qalbii kee si dhabsiisani suni mallattoo garbummaa dha. Bilisummaan Faayaatiin ol ta'uu isaa hubachuu hin dandeessuu?"

Luucceen jechoota haasaa Qerreensoo irratti walii galuu isheef mataa raastus garuu itti amantee hin turre.

Hunda caalaa irra warreen booyyee kan isaan rakkise yaada allaattiin inni gurraachichi beelada ta'e Dajjaash Bulchaatiif baay'ee amanamaa ta'e Cillimoo jedhamu suni tamsaasuuf deebii itti kennuu ture. Akkaataa oduu qabatama hin qabne Cillimoon tamsaasuun "Bineeldootni hundi erga du'anii booda bakka itti gammachuudhaan isaan itti tolee jiraatani biyyi Tulluu Shonkoraa jedhamu jiraachuu isaa nan beeka" isaaniin jedha. "Iddoon suni kan argamu Hurriiwwan garaa waaqaa irra jiran irraa xiqqoo ol deemee samii irra dha." jedhee haasa'a. "Tulluu shonkoraa irra yeroo hundaa torbeedhaa hanga torbeetti guyyaan hundi dilbata yeroo ta'u, waggaa guutuummoo ililliitu biqila. Bakka biqiltuuwwan hunda irratti sukkaaraa fi keekiitu biqila." isaaniin jedha. Bineeldootni baay'een isaanii Cillimoo isa oduu odeessuun ala hojii hojjechuu hin jaalanne kana baay'ee isa jibbuu. Bineeldootni tokko tokko garuu oduu tulluu shonkoraa kanatti waan amananiif, warreen booyyeen iddoon akkasii raawwatee akka hin jirre isaan amansiisuudhaaf cimsanii isaanitti himu turani.

Duukabuutoota amanamoo warreen booyyee kan turani Fardeen warra gaarii abbaa goommaa lamaa harkisani Magaalii fi Diimee jedhaman turani. Warreen kuni lamman waan isaan fayyadu sammuu mataa isaaniitiin yaaduudhaaf rakkoo qabu. Haa ta'u malee warreen booyyeedhaan akka barsiisoota isaaniitti erga fudhatanii booda garuu waan isaanitti himame hunda amanuu qofa osoo hin ta'iin, waan itti amanani sanaaf Bineeldoota warreen biroofis ibsoota salphaa fi amansiisoo ta'ani kennu. Walga'iiwwan haala dhoksaa ta'een man-kuusa keessatti gaggeessamani hunda irratti tattaaffii cimaadhaan kan hirmaatani yeroo ta'u, kanaan alattis walga'ii yeroo hundumaa faarfannaa 'Bineeldoota Oromiyaa' jedhuun xumuramuufis faarfattoota adda duree turani.

Fincilli inni raagameefis haala eenyuyyuu tilmaamee fi eegeen alatti karaa rakkisaa hin taaneen salphumatti galmaan ga'e. Waggootan darban keessa Dajjaash Bulchaan hoogganaa kutataa fi Qotee-bulaa tattaaffataa kan ture ta'us, waggoottan dhiyoon asitti guyyaan gadhee itti dhuftee jirti. Dhimma Mana Murtiif jedhee Maallaqa hedduu erga kisaare as hanga fayyaa isaa irratti balaa geessisutti dhugaatii dhuguu eegalee jira. Yeroo tokko tokko guyyaa guutuu manaa osoo gadi hin ba'iin taa'ee dhugaatii dhugaa kitaaba dubbisa. Darbee darbee daabboo cittuu Daadhii isa dhugutti cuubee Cillimoof kennaa yeroo isaa dabarsa. Namootni gargaartoota Dajjaash Bulchaa ta'ani warreen amanamummaan isaanii hir'atee fi hojii hin jaalanne turani. Qonnichi aramaadhaan liqimsamee jira. Sammuun manneen bakka qonnicha keessatti argamanii waan dulloomaniif haaroomsi isaan barbaachisa. Biqiltuuleen bakka qonnicha keessatti argamani irraanfatamanii jiru. Bineeldootni nyaata gahaa hin argatani.

Ji'i sadaasaa ni ga'e. kan faca'es biqilee haamamuuf ga'e. Guyyaa sanbat-duraa Dajjaash Bulchaan gara Leeqaa deemee mana dhugaatii 'Calalaqii' taa'ee dhugaa oolee. Baay'ee machaa'uu isaa irraan kan ka'e guyyaa Dilbataa hanga walkkaa guyyaatti gara mana jireenyaa dhuunfaa isaatti hin deebine ture. Namootni Dajjaash Bulchaa Sa'oota erga elmanii booda Illeettii adamsuu deemanii jiru. Bineeldoota nyaachisuudhaafillee hin dhiphanne ture. Dajjaash Bulchaan Leeqaatii erga deebi'ee boodas fuula isaa Gaazeexaa "Oduu addunyaa" jedhuun of uwwisee taa'umsarra irra dugdaan galee ciise. Guyyaan dhiyus garuu Bineeldoota namni nyaachise hin turre. Dhuma irrattis bineeldootni beelicha obsuu dadhabani.

Sa'i beelli badaa isheetti hammaate tokko balbala kutaa itti nyaata kuusani gaanfa ishiitiin cabsite ol seente. Bineeldootni hundi isaanii ol galanii hanga danda'ani nyaachuu jalqabani. Yeroo kana ture Dajjaash Bulchaan hirriba isaa irraa kan dammaqe. Battaluma sanatti hojjeettoota isaa afur waliin ta'anii gara kutichaa seenuudhaan kallattii hundumaanuu alangaa qabatanii Bineeldoota reebuu eegalani. Kunis Bineeldoota beela'anii jiraniif obsa isaaniitiin ol isaanitti ta'e. Gonkumaayyuu qophiin dursee haala itti hin godhamneen bineeldootni hundinuu tokkummaadhaan namoota isaanii garaa duwwaa jiruu isaan reebaa jiran irratti ka'ani. Dajjaash Bulchaa fi hojjettoota isaa lukaan dhiitaa fi adda isaaniidhaan jifachaa oliif gadi isaan fiigsisuu eegalani. Haalichis guutummaa guutuutti to'annoo Dajjaash Bulchaa fi namoota isaatiin ala ta'e. Jireenya isaanii keessatti bineeldooliin akkana ta'anii isaan arganii hin beekani. Bineeldootni warreen Dajjaash Bulchaa fi Namootni isaa akka isaanitti tole olii fi gadi isaan raasanii, akka isaanitti tole isaan hidhanii, akka barbaadani isaan hojjechiisani, akka tasaa tokkummaadhaan ka'anii akkas diduun isaanii fi fincila isaan irratti kaasuun isaanii lubbuu isaaniif bakka seenan isaan dhabsiise. Yeroo xiqqoof haleellaa isaan irra ga'e irraa of dhorkuuf yaalanis humna isaaniitiin ol isaanitti taanaan karaa argatan maraan yaa miilaa na baasi jechaa baqatani. Irraangadee bakka qonnichaa gitintiraa humna qabaniin gara karaa isa guddichaatti fiigani. Bineeldootnis yeroo kana argani injifannoodhaan Dajjaash Bulchaa fi Namoota isaa booda bu'anii ari'uu jalqabani. Haati warraa Dajjaash Bulchaa waan ta'ee hunda karaa fooddaa argitee jarjaraa qabeenya hafte xiqqooshee boorsaa isheetti naqattee karaa balbala boroo miliqxee baate. Cillimoonis bakka ciisee utaalee ka'ee, baallee isaa walitti rukuchaa, sagalee guddadhaan kookkisaa, ishee faana bu'e.

Kuni yeroo ta'aa turetti, bineldootni Dajjaash Bulchaa fi namoota isaa dallaa keessaa ari'anii erga baasanii booda balbala dallaa alaa isa guddicha sirriitti cufanii gara keessaatti ol deebi'ani.

Egaa kunoo bineeldootni wanta ta'e hunda yeroo itti taa'anii yaadani utuu hin argatiin dursee Dajjaash Bulchaan ari'amee fincilli mo'umsaan yeroo raawwatu, isaanis abbummaa 'Buufata qonnaa Koomboo' of harka galchatani. Bineeldootni kana booda daqiiqaawwan murtaa'ani jalqabaaf wanta ta'e hunda amanuun isaanitti cimee ture. Jalqaba irratti mooraa buufata qonnichaa guutummaatti keessa gulufaa, keessa isaa gosni namaa dhokatee

jiraachuu fi jiraachuu dhiisuu isaa mirkaneeffachuudhaaf fed-
hiin isaan keessatti uumamee ture. Battaluma sanatti garuu
mallattoo baroota bittaa cunqursaa Dajjaash Bulchaa isaan yaad-
achiisu hunda balleessuuf gara Godoo isa guddaa deemani. Kutaa
itti midhaan fe'amu bakka bulmaatii sa'ootaa bira jiru cabsanii
seenuudhaan sibiiloota adda addaa luugamaa fi hidhaa ta'ani,
qubeelaa funyaan irratti rarraafamani, hidhaa sibiilaa sarootaa,
haaduuwwan Dajjaash Bulchaan Booyyootaa fi Hooloota ittiin
kolaasu hunda baasanii boollatti gadi naqani. Luugamoota, hid-
haawwan golgaa ija fardaa fi wantoota kabaja dhabsiisani fun-
yaan bineeldootaa irratti godhamani hunda gadi baasanii haafa
dirree irratti ba'ee gubachaa jiru waliin gubani. Carraan alangaa
isaan ittiin reebamaa ba'aniis ibiddaan gubachuu ta'e. Bineel-
dootni yeroo alangichi ibiddaan gubatee xaxxaaxa'u arganii gam-
machuudhaan machaa'ani. Faayoota guyyaa gabaa miidhaginaaf
mormaa fi eegee Fardeenii irratti hidhamani hunda Qerreensoon
sassaabee ibiddicha keessatti gadi naqe.
"Faayootni" jedhe Qerreensoon, "Mallattoo dhala namaa waan
ta'aniif akka uffataatti lakkaa'amu. Bineeldootni hundinuu qul-
laa isaanii ta'uutu isaaniif mala.
Magaal yeroo kana dhaga'u Baarneexaa qoodiroo yeroo bonaa
Titiisa gurra isaa irraa ittiin dhorkuuf kaa'atu fidee ibiddichatti
gadi darbate. Yeroo gabaabaa keessattis bineeldootni hundinuu
wantoota bara bittaa Dajjaash Bulchaa isaan yaadachiisani
hunda gadi baasanii barbadeessani. Kuni akka raawwatettis
Shawwisaan hunda isaanii gara man-kuusa midhaanii isaan fuud-
hee deeme. Tokkoon tokkoon isaaniif Nyaata Boqqolloo xaasaa
lama, Sarootaaf Buskutii lama lama isaaniif hire. Kana booda
faarfannaa 'Bineeldoota Oromiyaa' jedhu sana si'a torba walitti
aansanii bitaa hanga mirgaatti faarfatani. Yeroo raawwatanis hir-
ribni bara jirreenya isaanii keessatti isaan qabee hin beekne isaan
fudhatee bade.
Guyyaa itti aanu hiiribaa akka ka'anitti waayee injifannoo gud-
daa kaleessa galgala gonfatanii yaadatanii ganamuma barii sa-
naan hundi isaanii gara dirree marga itti dheedanii deemani.
Tabba buufata qonnichaa guutummaa guutuutti agarsiisu irra

ba'anii Aduu ganamaa sanaan naannoo isaanii do'atani. Eeyyeen! Wanti isaan ija isaaniitiin argani hundinuu kan isaanii dha. Gammachuudhaan Machaa'uu isaanii irraan kan ka'e qilleensa irra gaggalagalaa marsanii sirbuu eegalani. Fixeensicha irra konkolaatani. Marga bonaa isa mi'aawaa sana itti ejjetanii dheedani. Korata biyyee isa gurraacha sana caccabsanii daakanii foolii isaa isa miidhagaa sana fuunfatani. Itti aansaniis buufata qonnichaa keessa oliif gadi deemanii daawwatani. Lafa isa qotamu, biqiltuuwwan bakka biqiltuu fuduraa isa xiqqoo sana, bakka daakaa bishaanii, Daggala bakka qonnichaa isa bal'aa sana ilaalaa hanga jechootni isaan hankaakanitti ajaa'ibsiifatani. Amma kuni qabeenya isaanii ta'uu isaa amanuu dadhabani.

Hundumti isaanii gara mana jireenyaa Dajjaash Bulchaa deemani. Akka achi ga'anittis balbala isaa dura callisanii dhaabbatani. Eeyyeen! kunis kanuma isaaniiti. Garuu gara godoochaa keessa ol seenuu sodaatani. Mamii Xiqqoo booda Qerreensoo fi Shawwisaan balbalicha gateettii isaaniidhaan fonqolchani. Bineeldoonnis tartiiba sarara tokkoon gara keessaatti of eeggannoodhaan tarkaanfachaa ol seenani.

Kutaadhaa gara kutaatti suuta sosocho'aa fi usuusaa meeshaalee qananiif hojjetamani baay'ee miidhagoo ta'ani kutaalee mana jireenyaa Dajjaash Bulchaa keessatti argamani, Uffatoota ciisichaa akka warreen dhala namaatti tolaniif of eeggannoodhaan hojjetamani siree irra afamanii jirani, taa'umsa baay'ee bareedee tolfame, Afaatii lafaa isaa fakkii Giiftii Xaayituu of irraa qabuu fi bakka simannaa keessummaa rarra'ee jiru, raajeeffatanii ilaalani. Kutaawwan mana jireenyaa Dajjaash Bulchaa keessaa gadi ba'anii isaanumaa yaabbii balbalaa gadi bu'uu eegalu, Luucceen isaan gidduu akka hin jirre hubatani. Barbaacha ishee gara keessaatti yeroo ol deebi'ani kutaawwan bakka ciisichaa Dajjaash Bulchaa keessaa isa tokko keessatti ishee argatani. Faaya magariisa bakka kaa'umsa wayyaa haadha warraa Dajjaash Bulchaa keessaa fuutee gatiittii ishee irratti sirreeffachaa, haala kolfisiisaa ta'een of ilaallii keessaan of ilaalaa turte. Hojii ishee kanaaf ishee ceepha'anii deebi'anii gadi ba'ani. Kutaa itti foon Booyyee bilcheessani keessa foon xiqqoo rarra'ee ture bakkeetti gadi ba'ee akka awwaalamu godhani. Xuwween Daadhii itti kuusanis kottee Magaaliin dhidhiitamee akka daakamu godhani. Kanaan alatti qabiyyee manicha keessa turani warreen hafani irratti badiin tokkollee akka hin raawwatamne godhani. Achuma manicha keessa utuu jiranii murtoo sagalee tokkon Godoon buufata qonnichaa (Mana jireenyaa Dajjaash Bulchaa kan ture) muuziyeema ta'uudhaan akka tajaajilu irratti walii galanii murtoo dabarsani. Bineeldi kamiyyuu Godoo kana keessa jiraachuun isa irra hin jiru jedhaniis murtoo isaanii akka seeraatti raggaasisani.

Bineeldootni erga ciree isaanii nyaatanii boodas Qerreensoo fi Shawwisaan walga'ii isaan waamani.

"Jaalleewwan koo!" jedhe Qerreensoon. "Ganama keessaa sa'aatii lammaa fi walakkaa ta'ee jira. Fuuldura keenya guyyaa dheeraatu nu dheegaa jira. Har'a biqiltuuwwan haamuu eegalla. Garuu isa dura dhimma keessummeessinu qabna" isaaniin jedhe. Egaa Booyyootni ji'oottan darban sadi keessatti kitaaba qubee ijoolleen Dajjaash Bulchaa dur ittiin barataa turan Guuboo kosiin itti kuusamu ture keessaa baasanii qubee dubbisuu fi katabuu ofiin ofbarsiisuu isaanii ifa isaaniif godhani. Qerreensoon qalamni adii fi gurraachi burusha waliin akka isaaf dhufu erga ajaja kennee booda, adda durummaa isaatiin gara balbala isa abbaa urjii shanii mooraa qonnichaa deemani. Akka achi ga'anittis Qerreensoon (Kan sirriitti dandeettii ga'aa barreessuu qabu isa waan tureef) quba miila isaa fuul-duraa lamman gidduutti buruusha qabatee barreeffama mataa balbalichaa irra jiru 'Bakka qonnaa Koomboo' jedhu balleessee, jecha 'Bakka Qonnaa bineeldootaa' jedhuun bakka buuse.

Egaa yeroo sanaa eegalee maqaan buufatni qonnichaa ittiin waamamu "Bakka Qonnaa bineeldootaa" ta'e. Kana boodas bineeldootni gara manneen qonnichaatti deebi'ani. Akka achi ga'anittis Qerreensoo fi Shawwisaan masalaalii fidanii dhaabbata man-kuusichaatti hirkisanii dhaabani. Warreen Booyyee ji'oottan darbani sadi keessatti akkaataa qorannoo gaggeessaniin qajeelfama bineeldootaa walitti cuunfanii gara torbaatti akka haammatamu gochuu isaanii isaaniif ibsani. Qajeelfamni torban isaaniis dhaabbii man-kuusaa irraatti barreessamu. Kana booda bineeldootni 'Bakka qonnaa Bineeldootaa' keessa jiratani hundi qajeelfamni jireenyaa isaanii hin cabnee fi bakka hin bu'amne ajajawwan torban kunneen ta'uu isaanii seerri ni kaa'ame.

Haala rakkisaa ta'een (Booyyeen masalaalii irraa madaalii isaa dheegee dhaabachuun waan itti cimuuf) Qerreensoon masalaalicha irra ol ba'ee barreessuu jalqabe. Qaqawween Qerreensoo irraa xiqqoo gadi siiqee dhaabbatee qalamaa fi burusha isatti laata. Ajajootni torban kunneenis fageenya meetira soddoma irraa mul'achuu akka danda'anitti qubeewwan guguddatanii katabamaniin qalama adiidhaan barreeffamani. Isaanis warreen armaan gadii turani.

Ajajawwan Torban:-

1. Kan miila lamaan deemu hundi diina keenya dha.

2. Kan miila afuriin deemu yokiin baallee kan qabu hundi fira keenya dha.

3. Bineeldi kamiyyuu uffata uffachuun irra hin jiru.

4. Bineeldi kamiyyuu siree irra ciisuun irra hin jiru.

5. Bineeldi kamiyyuu alkoolii dhuguun irra hin jiru.

6. Bineeldi kamiyyuu Bineelda kan biraa ajjeesuun irra hin jiru.

7. Bineeldi kamiyyuu wal qixa dha.

Walumaa galatti barreeffamichi qulqullina kan qabu ture. Dogoggora qubee xiqqootiin ala dogoggora kan biraa hin qabu ture. Qerreensoon sagalee isaa ol fuudhee ajajawwan kanneen bineeldootaaf dubbise. Hundumti isaanii mataa isaanii oliif gadi raasanii waliigaluu isaanii ibsani. Gidduu isaaniidhaa bineeldootni warreen abshaala ta'ani ajajawwan tarreeffaman torban sammuu isaanii keessatti qabachuu jalqabanii turani.

"Jaallewwan koo!" jedhee iyyee Qerreensoon, qalamaa fi burusha gadi darbatee. "Amma gara qonnaatti! eenyummaa keenya Namootatti agarsiisuudhaaf, yeroo Dajjaash Bulchaa fi Namootni isaa midhaan walitti kuusuudhaaf isaanitti fudhatu tureen gaditti yeroo gabaabaa keessatti kuusnee xumuruutu nurra jira" isaaniin jedhe.

Kana hunda gidduutti sa'ootni yeroo xiqqoof dhokotanii turani mar'annaa cinqii dhageessisuu jalqabani. Kaleessaa kaasee waan hin elmamneef harmi isaanii gar malee guutee dhuka'uu ga'ee ture. Warreen Booyyee xiqqoo erga yaadanii booda waan Aannan itti elmamu fichisiisuudhaan dogoggora tokko malee, akka waan qubootni isaanii kanaan dura sa'oota elmuudhaan muuxannoo ga'aa qabanii sirriitti isaan elmani. Aannan ho'aa qabee shan quyyisi isaa irraa calaqqisu elmani.

Bineeldootnis annanicha arganii dharra'ani. "Aannan kun maal godhama?" Jedhee Bineeldi tokko isaan keessaa gaaffii gaafate.

"Yeroo tokko tokko Dajjaash Bulchaan hanga murtaa'ee nyaata waliin walitti makee nuuf kenna ture" jedhe lukkuulee keessaa inni tokko.

"Jaalleewwan koo! waayee annanichaa yaadni isin hin galiin" jedhee iyye Shawwisaan, qabeewwan Aannan baatanii jiran shanan fuuldura dhaabbatee. "Waan barbaachisaa ta'e ni raawwanna. Wanti inni guddaan midhaan isa faca'ee jiru dha. Jaalleen Qerreensoon gara achiitti isin geessa. Anis xiqqoo tureen isin booda dhufa. Gara fuulduraatti jaallewwan koo! midhaan inni faca'e isiniin dheegaa jira" isaaniin jedhe Shawwisaan. Bineeldootnis gara qonnaa deemani.

Guyyichi Akka dhihuu yeroo jedhu, bineeldootni hojii irra oolanii yeroo gara bakka jireenyaa isaaniitti deebi'ani garuu, Aannan inni guyyaa elmame sun baduu isaa hubatani.

BOQONNAA SADII

Midhaanicha sassaabuudhaaf yaa dadhabsuu isaan dadhabanii! Yaa dafqa dhangala'ee! Garuu dhamaatiin isaanii duwwaa ta'ee hin hafne. Oomishni midhaanii kan isaan dheeganiin ol isaaniif ta'ee ture.

Yeroo tokko tokko hojichi baay'ee dadhabsiisaa ture. Meeshaaleen ittiin hojjetani kan hojjetamani warreen dhala namaaf malee bineeldootaaf hin turre. Bineeldoota warreen miila lamaan dhaabbatanii hojii hojjechuu hin dandeenye kunneeniif dhimmichi qorumsa guddaa isaanitti ta'ee jira.

Haa ta'u malee garuu Booyyotni warreen abshaalli, mala qotiisaa fi amala hojichaa Dajjaash Bulchaa fi namoota isaatiin olitti sirriitti beeku turani.

Warreen Booyyee hojii humnaa hin hojjetani ture. Hojiin isaanii inni ol-aanaan ajaja kennuu fi to'achuu ture. Beekumsa guddaa isaan qabani irraan kan ka'es dursanii bakka hooggansaa kan qabatani isaan turani. Magaalii fi Diimeen hojiif of hidhachiisani. (Maarree yeroo kana hidhaa fi luugamni hin jiruu mitiiree?) Bineeldootni Midhaan isa haamame irra naanna'anii yeroo tumani, warreen booyyeen duuba isaanii ta'anii "Jabaadhu jaallee koo!" jechaa isaan hojjechiisu.

Bineeldootni hundi isaaniiyyuu, inni dadhabaa jedhamullee utuu hin hafiin, dhahumsaa fi sassaabbii midhaanii irratti laphee isaanii irraa ture kan dadhabani. Lukkuulee fi Daakkiyyootni hanga humna isaanii, iji midhaanii tokkollee utuu lafa irratti hin hafiin, midhaan isa lafa irratti bittinnaa'e funaanaa guyyaa guutuu aduu gubu keessa hojjechaa oolu. Dhuma irrattis guyyaaDajjaash Bulchaa fi namootni isaa midhaan kuusuuf isaanitti fudhatu ture irra guyyaa lama dursanii fixani. Oomishni qisaasame tokkollee hin turre. Lukkulee fi Daakkiyyootni ijoota isaanii dadammaqoo sanaan ija deedhii lafa irratti harca'ani isaan bineeldootni warreen kaan arguu hin dandeenye hunda tokko utuu lafa irratti hin hanbisiin funaananii fixani. Bineeldoota buufata qonnichaa keessa jiraatan keessa Bineeldi tokkollee oomisha midhaanii kuusame irraa hatee hin beeku.

Birraa guutuu hojiin qonnicha keessa jiru tokkollee utuu addaan hin citiin itti fufe. Bineeldooliin gammachuun isaanii dhuma hin qabu ture. Yeroon itti Gooftaan isaanii suni sassatinaan isaan nyaachisaa ture suni waan dhaabbateef nyaata ofii isaanii ofiif Oomishaa mimmi'eeffachaa ture kan nyaatani. Warreen dhala namaa, warri gati dhaboo ta'ani sun erga isaanirraa deemanii as, nyaatni amma jiru hunda isaanii quubsee lafa irratti hafee jira. Muuxannoo isaa qabaachuu baatanis, yeroo boqonnaas ni qabu turani. Qormatni hedduunis isaan quunnamee ture. Fakkeenyaaf dhuma waggaa sanaa, Boqqolloon yeroo sassaabamu, buufatni qonnichaa meeshaa hojii kanaaf ta'u waan hin qabneef, qola boqqolloo afuura isaaniitiin irraa gad dhiisisuuf dirqisiifamanii turani. Haa ta'u malee, galatni booyyoota warreen abshaalaa fi Magaal isa abbaa irree guddaaf ha ta'uutii, rakkoo isaan ba'achuu dadhabani tasa hin turre.

Magaal Bineeldoota hunda biratti kan ajaa'ibsiifame ture. Bara Dajjaash Bulchaa sanas hojjetaa jabaa ta'uu isaatiin beekamaa kan ture ta'us, amma garuu kan hojjetu hanga Farda tokkoo utuu hin ta'iin, hanga Farda sadii ture. Darbee Darbee hojiin buufata qonnichaa hundi yeroo gateettii isaa qofa irratti kufu jira ture. Ganamaa hanga galgalaatti bakka hojiin cimaa jiru hunda irratti yeroo hundumaa waa dhiibaa fi harkisaa oola. Waliigaltee lukkuu waliin godheen, yeroo hunda ganama bineeldootni warren kaan hirriba isaanii irraa dammaquu isaaniin dura sa'aatii walakkaa dursee hirriba irraa akka isa dammaqsu godhee jira. Dursee ka'uudhaanis hojiiwwan rakkisoo ta'an irratti argamuudhaan, haala dirqisiisaa tokko malee, fedhii mataa isaatiin hojjeta. Kufaatii yokiin rakkoo kamiifuu deebiin isaa "Kana caalaan jabaadhee hojjedha" kan jedhu ture. Kanas qajeelfama dhuunfaa isaa godhatee jira. Tokkoon tokkoon isaanii kan hojjetani akkaataa dandeettii isaaniitti ture. Fakkeenyaaf Lukkuulee fi Daakiyyootni Qamadii gudunfaa shan ta'u iddoo iddootti faffaca'ee ture funaananii jiru. Eenyuyyuu hojii irraa hin hafu. Eenyuyyuu nyaata kennamuuf irratti komii hin kaasu. Wal-reebichi, walciniinuu fi walitti hinaafuun dur isaan gidduutti mul'atu ture amma guutummaa guutuutti badee jira jechuun ni danda'ama.

Walitti iyyuun hafee jira. Dhugaa haasa'uudhaaf, Luucceen garuu ganamaan hirriba ishee irraa ka'uun isheef hin ta'u. Bakka jiruutiis "kottee koo keessa dhagaan galee jira" sababa jedhu uumtee jiruu gidduutti dhiistee deemti. Amalli Hadurrittiimmoo adda ture. Jiruun jira jedhamnaan tasa ijaan argaaf baddi. Yeroo dheeraadhaaf eessa akka jirtu kan beeku hin jiraatu. Yeroon nyaataa gaafa ga'u losos jettee dhufti. Haa ta'u malee Yeroo hundumaa dandeettii sababa raajii ta'e dhiyeessuu qabdi turte. Ija lallaafaa yeroo haasoftu, sababa isheen dhiyeessitu amanuu dhiisuudhaaf ni cima.

Jaarsoo, Harreen inni umurii dheeraa, fincila boodas amalli isaa hin jijjiiramne. Hojii isaa yoo ta'e akkuma bara Dajjaash Bulchaa dalga hojjechaa ture, baranas akkuma bara sanaa dalga hojjeta. Hojii sa'aatiin ala hojjetamu irratti garuu gonkumaayyuu hin hirmaatu ture. Waayee fincilichaa fi waayee jijjiirama dhufees yaada hin kennu. Gooftaan isaa duraa Dajjaash Bulchaan ari'atamuu isaatti waanti isatti dhagahame jira yoo ta'eef jedhanii yeroo isa gaafatani deebii "Harrootni umurii dheeraa jiraatu. tokkoon keessanillee harreen du'ee argitanii hin beektani" jedhu isaaniif kenna. Deebiin isaa kunis warreen isa gaafatani afaan isaan qabsiisa.

Guyyaa dilbataa hojiin hin jiru. Sa'aatiin Ciree itti nyaatani sa'aatii dur itti nyaatamu ture irraa sa'aatii tokkoon akka boodatti hafu godhamee jira. Ciree booda torbee torbeedhaan wanta barame tasa hin hafne tokkotu raawwatama. Jalqaba alaabaatu fannisama. Qerreensoon Uffata Minjaalaa dulloomaa kutaa uffannaa haadha warraa Dajjaash Bulchaa keessaa argate irratti qalama adiidhaan fakkii gaanfaa fi kottee irratti kaasee jira. Alaabaan kuni dilbata yeroo hundumaa bakka Godoo isa gudda fuulduratti fannisama. "Halluun magariisni qaljummaa lafa Oromiyaa kan agarsiisu. kottee fi Gaanfimmoo injifatamuu dhala namaa booda Rippaablika Bineeldootaa dhaabbatu kan agarsiisu dha" jedhee Qerreensoon ibsa isaaniif kenne. Sirna Alaabaa fannisuu booda bineeldootni tartiibaan gara man-kuusaa isa guddaa deemu. Bakka kanatti wal-gahiitu gaggeessama. Kunis 'Walga'icha' jed-hamuudhaan beekama. Walga'ii kana irrattis karoorri hojii tor-ban dhufuu mariif dhiyaatee murtoon irratti godhama. Yaada murtoof dhiyaatu kana yeroo hunda kan dhiyeessani warreen booyyee turani. Bineeldootni warri kaan akkamitti akka sagalee kennuun isaan irra jiru baratanii jiru. Haa ta'u malee yaada mur-toof dhiyaatu kan mataa isanii dhiyeessuu hin danda'ani. Maricha irratti Qerreensoo fi Shawwisaan hirmaattoota adda duree tur-ani. Haa ta'u malee lamman isaanii yaadaan walii galanii akka hin beekne ifa ture. Yaada walii-galteen irratti ga'ame maalif hin ta'iin, Yaada isa tokkoo inni tokko yaada diigaa kan biraa dhiyeessuudhaan balaaleeffata. Fakkeenyaaf 'lafti qullaa xiqqoo bakka qonnaa fuduraa gama jiru, Bineeldoota soorama ba'aniif bakka jireenyaa haa ta'u.' isa jedhu irratti yoo walii galani, yaada isa waayee umurii sooramaa tokkoon tokkoon Bineeldaa muruu irratti garuu falmii cimaa ta'e godhu. Walga'ichi yeroo hun-daa kan xumuramu faarfannaa 'Bineeldoota Oromiyaa' jedhuun yeroo ta'u, yeroon inni waaree booda jiru Bashannanaaf rama-damee jira.

Warreen Booyyee kutaa itti dur midhaan fe'amu bakka waajjira muummee isaanii godhatanii jiru. Galgala galgala ogummaa tumtummaa, anaaxummaa fi hojii harkaa bineeldootaaf bar-baachisoo ta'ani kan biro kitaaba mana Dajjaash Bulchaa keessaa fudhatani irraa qo'atu. Qerreensoon hojii koree bineeldootaa jed-hee moggaaseen kan muddame yeroo ta'u, ergama isaa kanaafis jabina akka sibiilaa cimu qaba ture.

Warreen lukkuuf koree oomisha hanqaaquu, Sa'ootaaf liigii eegee qulqulluu, jaalleewwan bosona keessa jiraataniif koree barnoota

Haaromsaa, (Galmi koree kanaa hantuutootaa fi illeettiiwwan beelada gochuu ture.) Hoolootaaf koree sochii jirbii adii fi koreewwan kan biros dhaabee jira. Warreen kanaan ala kutaalee barnoota bu'uuraas ni geggeessa ture. Piroojektootni kunneen guutummaan guutuutti gati dhabeeyyii turani. Fakkeenyaaf, koreen Bineensoota bosonaa beeladchiisuuf dhaabbate battaluma dhaabatetti ture kan diigame. Bineensootni kunneen akkaatuma bineensummaa isaaniitti jiraachuu itti fufanii jiru. Bineeldooliin ofitti isaan siiqsuuf yaalii yeroo godhani, isaan garuu faayidaa waan irraa argatan yoo isaanitti fakkaate qofa ture kan fakkaatanii bulani.

Hadurreen koree haaromsaa keessa seentee yeroo murtaa'eef oliif gadi fiiguu baay'istee turte. Fakkeenyaaf guyyaa tokko diikkaa manaa irra teessee Simbirroota xixiqqoo halluu daalacha qabani ishee irraa fagaatanii jiran waliin utuu haasoftuu argamtee jirti. "Kunoo amma bineeldootni hundi jaalleewwan waan ta'aniif simbirri kamiyyuu mirga dhufee irreekoo irra qubachuu qaba" Jechuudhaan isaan lallabdee turte. Simbirrootni garuu "Haaroomsatti nagaa nuu dhaamaa" jedhanii isheetti hin dhiyaatne.

'Barnootni bu'uraa' qabxii ol aanaa galmeessiseera. Yeroon itti midhaan haamani galuu isaa dura bineeldootni buufata qonnichaa jirani guutummaan guutuutti golgaa gurraacha bineeldoota irra ture baqaqsanii gatanii jiru.

Warreen Booyyee taanaan dubbisuu fi barreessuu erga gonfatanii bubbulanii jiru. Sarootni dandeettii dubbisuu gaarii qabaatanis garuu ajajawwan torbaniin ala dubbisuuf fedhii hin qabani. Re'ettiin isheen Shaashoo jedhamtu dandeettii dubbisuu Saroota irra caalu qabdi ture. Gaazexaawwan ciccitoo balfa kuusame irraa argatte yeroo tokko tokko Bineeldoota warren kaaniif nii dubbisti. Jaarsoon dandeettii dubbisuu booyyeen kamiyyuu qabu qabaatus dandeettii kana isaa jiruu irra oolchu garuu hin argamu. "Wanti dubbisamuuf ga'u hin barreessamne" jedha, waayee kanaa yeroo dubbatu.

Diimeen qubee hunda isaanii bartee jirti. Magaal qubee 'D' tiin oli waamuun isaaf hin ta'u. Lafa awwaaraa irratti kottee isaa isa guddaa sanaan 'A B C D' barreessee gurra isaa gara hudu duubaatti dhaabee, fajajee isaan ilaala. Qubeewwan itti aansanii dhufani yaadachuuf gadi fageenyaan jabeessee yaada. Garuu hin milkaa'u. Daddabalee yeroo baay'ee 'E F G H' qubeewwan jedhaman baratee jira. Haa ta'uutii qubeewwan kana qo'atee yaadachuu yeroo ee-galu garuu, 'A B C D' barachuu isaa guutummaa guutuutti dagata. Gonkumaayyuu isaan hin yaadatu. Dhuma irrattis beekumsa isaa qubeewwan afran irratti qabuun bohaaree akka isaan hin dagan-neefimmoo guyyaatti si'a tokko yokiin si'a lama barreessee isaan qo'ata.

Luucceen qubeewwan maqaan ishee ittiin barreessaman tor-baniin ala barachuu hin barbaadu jette. Qubeewwan torban kana haala ajaa'ibsiisaa ta'een hidda mukaa irratti barreessitee abaa-boodhaan isaan babbareechitee irra naannoftee ajaa'ibsiifachaa oolti.

Bineeldootni hafani garuu qubee 'A' darbuun isaanitti cimee jira. Warreen akka Hoolaa, lukkulee fi Daakkiyyootaa dufunfula adda ta'ani dha. Ajajoota torbanillee sammuu isaanii keessatti qaba-chuu akka hin dandeenye bira ga'amee jira. Qerreensoon dhimma kana erga xiinxalee booda "Ajajootni torban kunneen qajeelfama ifa ta'e tokko jalatti haa haammatamani" jedhee seera tume.

"Miila afur kan qabani gaarii. Miila lama kan qabani gadhee."

"kuni" jedhe Qerreensoon, qajeelfama bineeldumma hunda walitti cuunfee akka hin sochoone godhe qabatee jira. Bineeldi jecha dursee kana laphee isaatti bulchate, hojii badaa dhala namaa irraa of oolcha.

Simbirrootni warra abbaa miila lamaa ta'uu isaanii irraa kan ka'e jechicha irratti mormii dhageessisani. Qerreensoon garuu mormiin Simbirrootaa dogoggora ta'uu isaa isaan amansiisuuf yeroo isatti hin fudhanne.

"Jaalleewwan koo! baalleen simbiraa qaama ittiin socho'ani malee akka harkaa kan ittiin wantoota walxaxani miti. Kanaafuu kan ilaalamuun itti jiru akka miillaatti dha. Meeshaan badii hun-daa Harka dha" jedhe isaaniif ibse. Simbirrootni haasaan Qer-reensoon inni wal-xaxaa isaaniif hin galle. Sababa isaa garuu ni fudhataniif. Bineeldootni warreen dandeettii sammuu isaniitiin gadi bu'oo ta'ani jecha durse sana sammuutti qabachuuf qo'achuu jalqabani. "Miila afur kan qabani gaarii. Miila lama kan qabani gadhee" jechaa iyyaa oolu.

Shawwisaan baay'ina koree Qerreensoof homaa dhimma hin godhanne. Akka inni jedhutti jaarsoolii barsiisuuf dhama'uu irra caalmaatti kan barbaachisu dargaggoota barumsaan ijaaruu dha. Midhaanni akkuma sassaabamee dhumetti Sarootni Kolaasii fi Hagamsee jedhamani walumaagalatti ilmoo sagal dhalani. Ilmoo saglan Shawwisaan ijoollummaa isaaniitti bobaa haadhoolii isaanii jalaa fudhate. Gara fuulduraatti barumsaan isaan ijaaruun itti gaafatamummaan kan isaa ta'uu isaa ibsuudhaan masalaaliidhaan qofa bakka bira ga'amu danda'u diikkaa manaa irra geessee isaan kaa'e. Ilmoon sarootaa kunneen qobaa isaanii dhowwamanii akka jiraatan godhamuu isaanii irraan kan ka'e Bineeldoota kan biroodhaan tasa lubbuudhaan jiraachuun isaaniiyyuu ni irraanfatame. Waayeen Aannan isa badee turees guyya guyyaan nyaata warreen booyyee irra dibamaa akka jiru dhoksaan isaa yeroo dhiyoon asitti bineeldootaaf ifa isaanii ta'e. Appiliin bakka qonnaa fuduraa irra jiru kan ga'ee yeroo ta'u, margi isa jala jirus appiloota ciccitanii kufaniin guutamee jira. Akka yaada bineeldootaatti yoo ta'e, Appiliin kunis egaa qixxeedhuma isaaniif hirama. Haa ta'u malee garuu ajaja qalloo hooggantoota isaanii irraa darbeen, fuduraaleen marga irratti harca'ani hundinuu kuufamanii, nyaata warreen booyyeef akka oolanii fi gara muummee akka geessamani godhame. Kunis bineeldoota tokko tokko akka gunguman isaan godhus, gatii hin qabu ture. Booyyeen hundinuu Qerreensoo fi Shawwisaanillee utuu hin hafiin, dhimma Appilii sanaa irratti ejjennoon isaan qabani tokko waan tureef, Qaqawween dhimma kana ilaalchisee ibsa akka isaaniif kennuuf gara bineeldootaatti ergame. "Jaalleewwan koo!" jedhee iyye Qaqawween. "Nuti warreen booyyeen kana kan goone of jaalachuu keenyaa fi miira fayyadamtummaa keenya irraan kan ka'e dha jettanii yaaddanii jirtuu laata? Dhugaaf taanaan garuu nuti baay'een keenya Aannanii fi Appilii ni jibbina. Ani mataankoo baay'iseen isaan jibba. Kana gochuu keenyaaf sababni keenya inni hangafaa fayyummaa keenya dheeguuf jecha dha. Aannanii fi Appiliin (Kuni saayinsiidhaan kan mirkanaa'e

dha, jaalleewwan koo!) fayyummaa Booyyee tokkoof gaarii dha. Wantoota barbaachisoo ta'ani of keessatti kan qabatani dha."
"Nuti warreen booyyee hojjettoota sammuu dha. Caasaan buufata qonnaa kanaa akka jirutti kan kufee jiru gateettii keenya irratti dha. Halkanii guyyaa kan dhamaanu badhaadhinaa fi nageenya keessaniif jenneetu. Nuti warreen booyyee ergama kana sirriitti ba'achuu yoo dadhabne itti aansee maal akka dhufu beektuu? Dajjaash Bulchaan deebi'ee dhufa. Eeyyeen Dajjaash Bulchaan shakkii tokko malee deebi'ee dhufa. "Dhugaadhaaf taanaan" jedhee iyye Qaqawween, Bitaa mirga laphee dhiibee tarkaanfachaa, eegee isaa oliif gadi raasaa. "Dhugaaf taanaan isin keessaa Dajjaash Bulchaan deebi'ee akka dhufu kan barbaadu jiraa?" Amantii bineeldootni hundi waliin qabani tokko yoo jiraate, Dajjaash Bulchaan deebi'ee akka isaanitti dhufu barbaachuu dhiisuu isaanii ture. Gaaffichi bifa Qaqawween isaaniif dhiyeesseen yeroo isaanitti ta'u garuu eenyullee sagalee hin baasne. Faayidaan warren Booyyee nagaadhaan kunuunsanii tursuu ibsa Qaqawwee irraa ifa isaaniif ta'ee ture. Egaa karaa kanaan Aannanichii fi Appilootni harca'ani (Gara fuulduraattimmoo bilchaatanii warreen kuusamani dabalatee) nyaata warreen booyyeef qofa akka oolu bineeldootni hundi sagalee tokkoon irratti walii galani.

BOQONNAA AFUR

Bakka qonnaa Bineeldotaatti gochi raawwatame dhuma ji'oota birraa irratti oduun isaa walakkaa biyyittii naanna'e. Qerreensoo fi Shawwisaan gara bakka qonnaa ollaawwaniitti Gugootni akka balali'ani godhu ture. Qajeelfamni isaan Gugootaaf kennanis, Bineeldoota naannoo daangaa jiraatani waliin walmakatanii waayee fincilichaa akka isaanitti himanii fi faarfannaa 'Bineeldoota Oromiyaa' akka isaan barsiisani ture.

Dajjaash Bulchaan yeroo baay'ee taa'umsa Mana Bunaa Calalaqii irra taa'ee, Nama isa dhagahu yoo argate, waayee bineeldoota kashalabbee gatii hin qabneen qabeenyi isaa saamamee dhiibbaadhaan bakka qonnaasaa irraa ari'amuusaa dubbataa oola. Qoteebultootni kan biroo yaadaan isa haa deeggarani malee garuu deeggarsa gatii qabu isaaf hin goone. Haa ta'u malee garuu tokkoon tokkoon isaanii gidiraa Dajjaash Bulchaa irra ga'e akkamitti faayidaa mataa isaaniif jijjiiranii oolchuu akka danda'an keessa isaaniitti yaada guuru. Gaarummaan isaa buufataaleen qonnaa ollummaadhaan bakka qonnaa bineeldootaa daangeessani lamman walii isaaniif ibiddaa fi cidii turani.

Bakki qotiisaa Migira Hadurree jedhamee waamamu bal'aa fi kunuunsi kan itti hir'ate, barri kan irra darbe, daggalaan kan guutamee fi bakkeen margaa isaa kan goge ture. Abbaan qabeenyaa bakka qonnaa kanaa Obbo Jiilchaan yeroo isaa kan dabarsu akkaataa haala qilleensichaatti laga Soorgaa bu'ee Qurxummii qabuudhaan yokiin adamoo adamsuudhaan ture. Tattaphataa fi

Nama kabajamaa ture. Bakki qonnaa kan biraa 'Yamboo' jedhamee beekamu giddu-galeessaa fi haala gaariidhaan kan qabame yeroo ta'u, abbaan qabeenyaa isaas Obbo Namoo jedhama. Innis kutataa, abshaalaa fi abukaattoo cimaa kutaa seeraa keessa hojjetu ture. Lamman isaanii wal loluu isaanii irraan kan ka'e faayidaa walii isaanii irrattillee walii galuu hin danda'ani.

Haa ta'u malee, fincila bakka qonnaa bineeldootaa keessatti ka'een jarreen lamman baay'ee kan rifatani yeroo ta'u, fincilichi bakka qonnaawwan   isaanii keessattis akka hin tamsaanee fi bineeldootni isaaniis waayee fincilichaa gurra akka hin qabaanne ittisuun isaanii hin hafne. Kana dura 'Bineeldootni of danda'anii buufata qonnaa hoogganu' yaada jedhu qeeqaa itti kolfu ture. Wanti hundumti guyyaa kudha shan keessatti ciraa bada jedhu. Bakka qonnaa Koomboo keessa (Namootni bakka qonnaa bineeldootaa isa jedhu maqaa isaa waan jibbaniif ammallee 'Bakka qonnaa Koomboo' ture jedhanii kan waamani) bineeldootni achi keessa jiraatani walii isaanii wal lolaa kan jirani yeroo ta'u beelaanis dhumaa jiru jechuudhaan oduu bittinsu.

Yerichis darbee, akka haasa'ames bineeldooliin kunneen beelaan akka hin dhumne yeroo beekamu, Namoo fi Jiilchaan kallattii duula oduu isaanii jijjiiranii. "Bakka qonnaa Bineeldootaa keessatti gocha gurraan dhagahuuf namatti cimutu raawwatamaa jira" jechuu jalqabani. Bineeldooliin achi jiraatani walii isaanii wal nyaatu. Bineeldi inni tokko Bineelda isa biraa sibiila ibiddaan diimateen reeba. Dhaltuun hundumtuu kan gamtaa ta'anii jiru. Egaa Seera uumamaa irratti finciluun kunoo waan akkanaa fidee dhufa" jedhu, Namoo fi Jiilchaan.

Haa ta'u malee seenaan Namoo fi Jiilchaa kan amanamu hin turre. Sanaa olitti "Bineeldootni dhala namaa ari'anii bakka qonna ittiin ofiin of bulchani jalqabanii jiru" oduun jedhu babal'achaa ture.

Waggaa sanatti bakka qonnaawwan baadiyyaatti argaman hundatti fincilichi akka ibidda bosonaa babal'ate. Fakkeenyaaf bineeldootni warreen kormaa yeroo baay'ee ajajamoo turani diddaadhaan rakkisuu jaqabanii jiru. Hoolootni dallaa diiganii Raafuu ciranii nyaachuu eegalani. Sa'ootni qabee lukaan dhiitanii gombisuu jalqabani. Fardooliin warreen isaan yaabanii adamoo adamsani irraa darbatanii lafaan isaan dhahuu jalqabanii jiru. hundaa olitti faarfannaan 'Bineeldoota Oromiyaa' jedhu, jecha isaa guutuu waliin, hunda biratti beekamaa ta'ee jira.

Namootni faarfannaa 'Bineeldoota Oromiyaa' jedhu sana yeroo dhaga'ani alli isaanii waan tuffatani haa fakkaatu malee keessi isaanii garuu aariidhaan boba'a. "Bineeldootni akkamitti akka faarfannaa gatii hin qabne kana faarfachuu danda'ani nuu galuu hin dandeenye" jedhu. Bineeldi 'Bineeldoota Oromiyaa' utuu faarfatuu argame achumatti qacceedhaan reebama. Kanas ta'e garuu, faarfannicha isa akka ibidda bosonaa tamsa'aa ture sana dhaabuun isaaniif hin danda'amne.

Simbirootni bakka qubatani hunda irra taa'anii faarfatu. Gugooliin muka irraa mukatti darbaa faarfatu. Iyya sibiila bat-askaanaa fi qe'ee warra tumtuu keessatti utuu hin hafiin faarfannichi nii argama. Warri dhala namaa yeedaloo isaa yeroo dhagahani keessi isaanii abdii kutata. Ergaan waayee dhuma dhala namaa barri dhufaatii Kiristoos dhiyaachuu isaa isaan yaa-dachiise.

Dhuma ji'a Gurraandhalaa Gugooliin miira guddadhaan liqimsamanii qilleensa buufata qonnaa bineeldootaa irra bal-ali'anii qubatani. Dajjaash Bulchaa fi Namootni isaa, firoot-tan isaanii Migira Hadurree fi Yamboo keessa jiraatani ja'aa ol ta'anii waliin dallaa buufata qonnaa Bineeldootaa darbanii karaa gaariin fardaa irra deemu biraan gara Godoo isa guddaa deemaa jiraachuu isaanii himani. Hundi isaanii Ulee harkatti qa-bachuu isaanii fi Dajjaash Bulchaan garuu Qawwee hidhatee dura-buutummaadhaan isaan dursaa akka jiru odeeffannoo kennani. Dhufaatiin isaanii bakka qonnichaa to'annoo Bineeldootaa jalaa bilisa baasanii qabachuuf akka ta'e ifa ture. Haleellaan akka kanaa dhufuu akka danda'u dursamee tilmaamamee waan tureef qophiin barbaachisaa ta'e hundi xumuramee jira. Kitaaba waayee 'Juuliyees Qeesaar' xiinxalu Godoo isa guddaa keessaa argate sir-riitti kan qo'ate Qerreensoon itti gaafatamummaa humna it-tisaa bakka qonnichaa fudhatee ture. bineeldootni hundi ajaja hatattamaa inni isaaniif dabarseen, yeroo xiqqoo keessatti iddoo isaanii ramadame seenanii dhokatani.

Namootni gara godoowwan bakka qonnaa bineeldootaa keessa jiraniitti yeroo dhiyaatani, Qerreensoon ajaja haleellaa isa jalqabaa kenne. Gugooliin walumaa galatti soddomii shan ta'ani qilleensaa qilleensa irra balali'aa namootattii irratti albaatii baay'inni isaa kana hin jedhamne daddabalanii irratti gadi roobsani. Haleellaa isaan irra ga'e utuu ittisaa jiranii Daakkiyyoonni biqiltuu keessa dhokotanii turanii gadi ba'anii sarbaawwan namoolittii ciniinnaadhaan fofottoqsuu jalqabani. Kuni egaa tarsiimoo waraanaa isa giddu galeessaa yeroo ta'u galmi isaa inni guddaan weerartoota oliif gadi raateessuudhaan seeraan ala isaan gochuu ture. Weerartootni kunneenis ulee of harkatti qabataniin Daakkiyyoota of irraa ittisanii salphumatti isaan ari'ani. Yeroo kana Qerreensoon ajaja haleellaa isa marsaa lammaffaa dabarse. Shaashoo, Jaarsoo fi Hoolotni hundi Qerreensoodhaan dursamaa gara fuulduraatti darbatamani. Namootatti kallattii hunda irraa isaanitti dhufanii adda isaaniidhaan jifachaa, gaanfa isaaniidhaan waraanaa isaan muddani. Jaarsoon gaggalagalaa dhiiticha harree isaan dhamdhamsiisee. Haa ta'u malee Namootni ulee of harkatti qabatanii fi kophee Boottii cimaa miilatti kaa'atani sanaan haleellicha of irraa ittisani. Kuni warra bineeldootaaf humna isaaniin ol ta'uu isaa kan hubate Qerreensoon, haleellaa gaggeessuu isaanii dura qophii godhaniin, akkaataa mallattoo irratti walii galaniin sagalee qalloo suukkanneessaa Booyyee yeroo isaan dhageessisu hundi isaanii gara duubaatti baqachuudhaan karaa miliqqiif dursanii qopheessani sanaan hulluuqanii gara lafa qonnaa midhaaniitti achi fiigani. Namootnis mo'umsaan laphee dhiibani. Diinootni isaanii sodaadhaan hurgufamanii baqannaa irra jiru jedhanii waan yaadaniif kallattii hundaan bittinnaa'anii isaan hordofani. Karoorri Qerreensoos haalli kuni akka uumamuu gochuu ture. Namootni hundi lafa qonnaa Midhaanii isa godoowwanitti dhiyaatee argamu keessa galanii Bineeldoota baqaadhaan fiigaa jiran booda bu'anii isaanumaa ari'uu eegalu, Fardoonnii sa'ootni sadeenii fi Boyyootni dallaa sa'aa keessa dhokotanii turani hundi karaa duuba isaanii isaanitti dhufani. Akka duubatti hin deebineefis isaan marsani. Haleellichi akka jalqabu Qerreensoon mallattoo isaaniif kenne. Inni mataan isaa dura buutummaadhaan gara bakka Dajjaash Bulchaa fi namootni isaa jiraniitti fiigichaan darbatame.

Qerreensoon darbatamee akka isatti dhufe yeroo argu, Dajjaash Bulchaan ilaallatee itti dhukaasee. Rassaasichis dugda Qerreensoo tuqee (xiqqoo madeessee) darbuudhaan Holaa tokko galaafate. Qerreensoon yeroo xiqqoodhaafilee utuu hin dhaabbatiin isa achii darbatamee dhufe ulfina isaa isa kiloograama sagaltamii shan fidee luka Dajjaash Bulchaatti dhahe. Dajjaash Bulchaan gara duuba isaatti darbatamee dhoqqee sa'aa kuusamee ture irratti yeeroo lafa dhahu qawween issas isa harkaa miliqee darbatame.

Hunda irra caalaa haleellaa suukkanneessaa kan raawwate Magaal ture. Kottee miila isaa warreen guguddaa Sibiila keewwatan sana, qilleensa irra daddarbachaa, dhiiticha biyyootti gadi Nama dabalu isaan dhamdhamsiisuu eegale. Rukuttaan isaa inni jalqabaa kan boqote mataa dargageessa warreen Migira Hadurreetii dhufani gidduudhaa ta'e tokko irra ture. Mucichis of wallaalee dhoqqee keessatti kufe. Namootni warri kaan yeroo kana argani sodaadhaan raafamanii ulee of harkatti qabatani daddarbachaa miliquuf yaalani.

Bineeldootni hundi warreen dhala namaa weerartoota ta'ani sana dirree irra naaneessaa isaan fiigsisaa, Gaanfa isaaniitiin waraanaa, dhiitichaan dhiitaa, warreen kaan isaaniimmoo cicciniinaa, warra kufanii jiranimmoo dhidhiitaa karaa ittiin miliqani isaan dhabsiisaani. Warreen bineeldootaa gidduudhaa hanga dandeettii isaa fi hanga humna isaa kan haaloo hin baane tasa hin turre. Hadurrittiinillee utuu hin hafiin dhaaba manaa irraa utaaltee gateettii Qotee-bulaa tokkoo irra qubachuudhaan qeensoota isheedhaan morma isaa yeroo tatarsaastu iyya suukanneessaa dhageessise. Jeequmsa kana gidduutti warreen namootaa qaawwa miliqqii tasa argataniin bakka itti mataa marsamanii turani gidduudhaa lubbu na baasi jechaa gara karaa isa guddichatti achi fiigani.

Egaa kunoo daqiiqaa shan weerara geggeessani keessatti karaa dhufani irra deebi'anii haala saalfachiisaa ta'een baqannaa isaanii itti fufani. Hanga balbala dallaa moorichaattis Daakkiyyoonni duuba duuba isaanii hordofuudhaan sarbaa sarbaa isaanii cicciniinaa isaan ari'ani.

Weerartootni hundi isaanii miliqanii jiru. Nama tokkoon ala. Magaal dargaggeessa dirricha keessa laphee isaan dhoqqee irra ciise tuttuqaa dugda isaadhaan isa galagalchuuf yaalus isaaf socho'uu hin dandeenye.

"Du'ee jira" jedhe Magaal. "Fedhii isa ajjeesuu qabaadheen hin turre. Kophee Sibiilaa kaa'achuukoo dagadheeni malee. Egaa amma Nama kana haa ta'u jedhee isa hin ajjeesne yoon jedhe eenyutu na amana?" jedhe Magaal gaddaan liqimsamee.

"Homaa gaabbiin sitti hin dhaga'amiin jaallee koo" jedhee iyye Qerreensoon, rukuttaa rasaasa Dajjaash Bulchaa irraa kan ka'e ammayyuu dugda isaa irraa dhiigni ni coccoba ture. "Waraana jechuun Waraana. Dhala namaa keessaammoo gaariin kan du'e qofa"

"Fedhii ajjeesuu hin qabu, maa dhala namaallee hin ta'." jedhe dabalataan Magaal, iji isaa imimmaan kuusee.

"kanumaa Luucceen eessa jirti?" isaan keessaa tokkotu gaafate. Dhugumayyuu Luucceen hin jirtu ture. Hundinuu naasuudhaan liqimsamani. Utuu hin beekamiin namootaan miidhamtee jirti ta'a. Yookiin ishee fudhatani ta'uu danda'a jedhanii yaadani. Barbaacha gaggeessameen tuullaa cidii hidhamee bakka ciisicha ishee jiru gidduu Mataa ishee dhoksattee keessa ruuqamtee argamte. Akkuma qawween dhukaheen ture Luucceen naasuudhaan kan utaaltee badde. Luucceedhaan argatanii gara dirrichaatti yeroo as deebi'ani mucaan inni of wallaalee diriirfamee ture iddoo isaa hin jiru. Edaa dhibeetu irra ga'ee utuu hin ta'iin naasuu akka malee humnaa ol ta'e ture akka of wallaalu kan isa godhe. Bineeldooliin naannaa isaa akka hin jirre yeroo argu lubbuu na baasi jedhee bade. Bineeldooliin hundi kallattii hunda irraa wal ga'anii, inni tokko isa tokko dhagahuu hanga dadhabutti, tokkoon tokkoon isaanii gootummaa ajaa'ibsiisaa waraanicha keessatti raawwatani sagalee tokkoon haasa'u. Battalumatti mo'umsa argatani kabajuuf qophii nyaataa fi dhugaatii mo'umsa isaanii ittiin kabajatani geggeessani. Alaabaan isaanii ni fannisame. Faarfannaan 'Bineeldoota Oromiyaa' jedhu sunis irra deddeebi'amee faarfatame. Sana boodas Hoolaa lubbuun ishee waraana irratti darbe sirna guddaatiin awwaalanii bakka awwaalcha ishee irra Biqiltuu kaa'ani. Sirna awwaalchaa sana irrattis Qerreensoon haasaa godheen, Itti fufiinsa bakka qonnaa bineeldootaaf jecha bineeldootni hundi aarsaa ta'uuf qophii ta'uun akka isaan irra jiru, jala sararee dubbatee, badhaasni Medaaliyaa loltuu gootaa kennamuu akka qabu achumatti murteessani. 'Goota Bineeldaa sadarkaa tokkoffaa' Qerreensoo fi Magaaliif kenname. Kunis Medaaliyaa Meetii ture. (dhugaaf taanaan Medaaliyootni kunneen kan dulloomanii fi tajaajila kottee fardaaf oolani kan turani yeroo ta'u, kan argamanis kutaa fe'umsaa keessaa ture) Medaaliyootni kunneenis kan kaa'atamani guyyaa Dilbataa fi guyyoota ayyaanaa akka ta'u murteessame. Hoolaa ishee duuteefis 'Goota Bineeldaa sadarkaa lammaffaa' akka isheef kennamu murteessani. Waraanichi maqaa maaliitiin waamamuun akka irra jirus marii bal'aa geggeessani. Dhuma irrattis "waraana dallaa sa'aa" kan jedhu ni raggaasifame. Sababni isaas, haleellicha raawwachuu kan danda'ani achi dhokochuudhaan ture waan ta'eefi. Rasaasni Qawwee Dajjaash Bulchaa baay'een isaa dhoqqee keessatti harca'ee argame. Qawwichi sibiila alaabaan irratti fannisamu jalatti mallattoo meeshaa lolaa tokkoo ta'ee akka dhaabbatu murteessame. Innis waggaatti si'a lama dhukaasama jedhame. Inni tokko Gurraandhala kudha tokko (11) yeroo ta'u, kunis waraana dallaa sa'aa kabajuuf ta'a. Inni lammataammoo guyyaa itti fincilli eegale yaadachuuf ayyaana raawwatamu irratti kan dhukaasamu ta'a.

BOQONNAA SHAN

Carraa Qerreensoo

Luucceen yeroodhaa gara yerootti irra caalaatti rakkistuu ta'aa dhufte. Yeroo hundaa ganama jiruu irraa akka barfattetti yoo ta'u, sababni ishees "Hirribatu gadi na qabee ka'uu hin dandeenye" kan jedhu ta'a. Fedhiin nyaataa ishee kan hin hir'anne haa ta'uyyuu malee, dhukkuba ifa hin taane na dhukkuba jetti. Sababa ishee mudate hundatti jiruu addaan kuttee gara ciisa bishaanii deemtee akka gowwaa dhaabattee bifa ishee ciisa keessaan fajajjee ilaalti. Waayee Luuccee hamiin hamaa kan biraas odeessamuu eegalee jira.

Guyyaa tokko Luucceen Eegee ishee isa dheeraa sana haala adda ta'een hurgufaa fi cidii alanfachaa gara dirree isheedhaa deemu Diimeen faana buutee maddii ishee deemuu eegalte.

"Luuccee" jette Diimeen. "Dhimman si haasofsiisu guddaa tokkon qaba. Har'a ganama karaa Biqiltuu bakka qonnaa keenya kan Migira Hadurree irraa adda baasu irraan ija kee ceesistee gama gama yeroo ilaaltun si arge. Namoota Jiilchaa keessaa inni tokko gamasiin dhaabbatee ture. Hagamiyyuu kan ani dhaabbadhe sirraa fagoo ta'us, yeroo inni si haasofsiisuu fi ati funyaan kee eeyyemteefii inni si tuttuqu arguukoof garuu shakkii hin qabu. Kanumaa garuu maal hojjechaa jirta Luuccee?" "Na hin tuttuqne. Hin eyyemneef. Dhugaa miti." Jettee iyyite Luucceen lafa ciraa.

"Luuccee mee Namni sun funyaan koo na hin tuttuqne jettee fuulduratti na ilaalaa nii kakattaa?"

"dhugaa miti" jette Luucceen irra deebitee. Garuu fuula Diimee ilaaluuf jabina dhabde. Battaluma sana gulufaa gara dirrichaatti arreedde. Diimeen yaada tokkotu ifa isheef ta'e. Bineeldoota warreen kaanitti utuu waa hin himiin gara bakka bulmaatii Luuccee deemte. Kottee isheetiinis cidii isheen irra raftu gaggalagalchite. Iddochattis Dhagaa Sukkaaraa fi faayoota halluu adda addaa qabani baay'ee argatte. Kuni ta'ee guyyaa sadaffaa isaatti Luucceen ni badde. Torban murtaa'eefis faana ishee argachuun hin danda'amne ture. Guyyoota muraasa booda Gugootni Leeqaa keessatti akka ishee argani dubbatani. Gaarii halluu gurraachaa fi adii qabu harkisaa Bulchiinsa Magaalaa balbala dhaabattee ishee arginee jirra jedhani. Namichi Surree hanga ciqilee miila isaatti uffate, sassaabaa galii gibiraa fakkaatu, fuula diimaa qabu, furdaa tokko, funyaan ishee tuttuqaa sukkaara ishee nyaachisaa ture. Kootii haaraa isheef bitamee uffachuu ishee, Eegee ishee irrattis Faaya cululuqu hidhachuu ishee, baay'ee gammadduu akka fakkaattus, Gugooliin ni dubbatani. Egaa yeroo kanaa kaasee maqaa Luuccee bineeldi kaase hin jiru.

Ji'a Bitooteessaa keessa qilleensi isaa hamaa ta'e. Lafti isaa akka dhagaa jabaachuu isaa irraan kan ka'e homaa hojii hojjechuun hin danda'amne. Bakka kuusaa midhaanii isa guddaattis walga'ilee hedduutu gaggeessame. Warreen booyyeen ji'a qonnaa itti aanuuf karoora baasuudhaan qabamani. Yaada walii galaa 'Warreen booyyeen bineeldoota warra kaan irra ni caalu' jedhu jiru irraan kan ka'e, gaaffilee waayee bakka qonnichaa ilaalchisee ka'ani hundaaf murtoo kan kennani isaanuma turani. "Murtooleen kunneen walga'iif dhiyaatanii sagalee caalmaadhaan raggaasifamuutu isaan irra jira" seerri jedhu jiraa. Qerreensoo fi Shawwisaa gidduu waldhabdeen hin caamne utuu hin jiraanneetii hojimmaatni akkanaa gaarii ta'uu nii danda'a ture.

Qerreensoo fi Shawwisaan waan kam irrattuu walii galuu dhabuu isaanii irraan kan ka'e bishaantu qallate jedhanii walitti bu'u. Fakkeenyaaf inni tokko Garbuu baay'isnee haa facaasnu yeroo jedhu inni kan biraammoo Garbuu utuu hin ta'iin facaasuun kan nu irra jiru Aajjaa ta'uu qaba jedhee ka'a. Inni tokko "Qamadiif bakki qonnaa inni kun lafti isaa kennaa dha" yeroo jedhu, inni kan biraanimmoo "Filannoon kun filannoo gatii hin qabne dha" jechuudhaan na qabaa na gad-dhiisaa jedha. Tokkoon tokkoon isaanii hordoftoota mataa mataa isaanii qabu. Falmileen tokko tokko hanga wal reebuuf ka'anitti ga'a. Walga'iiwwan irratti haasaa ajaa'ibsiisaa gochudhaan yeroo baay'ee deeggarsa baay'ee isaanii kan argatu garuu Qerreensoo ture.

Shawwisaan karaa deeggartoota walitti qabuudhaan Qerreensoo irra nii caala. Keessumaayyuu Hoolota hunda to'annoo isaa jala oolchee jira. Isaanis walga'iiwwan gidduu kana gaggeessamaa turani irratti dhaadannoo isa "Warreen miila afurii gaarii warreen miila lamaa gadhee" jedhu sana dhaadachaa walga'iiwwan addaan kutuu jalqabanii jiru. Qerreensoon yeroo haasaawwan murteessoo ta'ani godhutti dhaadannoo isaanii isa "Warreen miila afurii gaarii warreen miila lamaa gadhee" jedhu dhaada-chuudhaan beekaa haasaa isaa yeroo jeeqani ni mul'atu.

Qerreensoon kitaaba Mana Godoo guddicha keessaa argate 'Qotee bulaa fi Horsiisee bulaa' jedhu gadi fageenyaan qo'achuudhaan kalaqaawwan haaraa, fooyyeewwanii fi karoora bal'aa qophees-see jira. Waayee qonnaa jallisii, waayee qabumsa nyaata gogaa bineeldootaa fi waayee haala oomisha xaa'oo ibsa hayyuu isaaniif godha. Bineeldootni hundi guyyaa guyyaadhaan dirricha kees-satti iddoowwan adda addaa bobbaatiif ta'ani irratti akkamitti akka qulqullaa'uun isaanitti jiru karoora isaan agarsiisu isaan-iif baasee jira. Kunis humna haxaa'uu fi oliif gadi geessuuf oolu hir'isa isaaniin jedha.

Shawwisaan wixinee ka'umsa mataa isaa ta'e kamiyyuu hin dhiy-eessu, Garuu karoorri Qerreensoo akka gatii hin qabne dubbata. Haalli isaa hundi yeroo mijataa waan dheegaa jiru fakkaata. Gar-aagarummaa isaanii hunda keessaa walmormii olaanaa fi had-haawaan kan godhame waayee Annisa qilleensaa (Burqaa humnaa qilleensaan hojjetu) irratti ture. Bakka qonnaa Godoo isa guddaa irraa badaa utuu hin fagaatiin argamu gidduutti tabbi guddaan buufata qonnichaa ta'e ni argama. Qerreensoon qabiinsa tab-bichaa erga qo'atee booda iddoon itti Annisa qilleensichaa ijaaruuf mijatu kana ta'uu isaa dubbate. Dinaamoo dhaabuud-haan qonnichi dhiyeessii humna Elektriikaa ni qabaata jedhee ibse. "Humna Electriikaa kanaanis Dallootni sa'aa ifa ni qabaatu.

Kanaan alatti Haamtuu midhaanii gaggalagalee Midhaan haamu nii sochoosa. Meeshaa cidii kukkutee hiruu fi elmituu sa'aa hundaafis nii tajaajila" isaaniin jedhe. Bineeldooliin waan akkanaa kanaan dura dhagahanii hin beekani. (Buufatni qonnichaa yoo ta'e kanaan dura ammayyaa'aa kan hin turree fi meeshaalee baay'ee boodatti hafoo ta'an kan fayyadamu waan tureef) fakkiiwwan meeshaalee ajaa'ibsiisoo ta'anii lafa irratti kaasaa karoora isaa yeroo isaaniif dhiyeessu Afaan isaanii bananii raajeeffatanii isa dhaggeeffatu. Faayidaaleen meeshaalee kunneeniis hojii keessan bakka isinii bu'anii kan isin tajaajilani yeroo ta'u, isinimmoo yeroo keessan itti bashannanaa iddoowwan biqiltuu deemtanii marga dheeduuf yokiin kitaaboota beekumsa keessan babal'isani dubbisuuf yokiin maree gaggeessuuf yeroo ga'aa ta'e nii qabaattu Isaaniin jedha. Torbeewwan xiqqoo keessatti Qerreensoon Pilaanii Annisa qilleensichaa kaasee xumure. Akkaataan hojii mekaanikaa Annisa qilleensichaa kan argame kitaaboolee sadii qabeenya Dajjaash Bulchaa turani irraa ture. 'Wantoota kuma tokko mana keessatti hojjetamuu danda'ani', 'Namni hundi mataa isaatiif ijaartuu dha' fi 'Electriika warreen jalqaboof' kan jedhani turani. Qerreensoon qo'annaa isaa geggeessaa kan ture, Mana hanqaaquun itti yaasamu isa durii keessatti yeroo ta'u, lafti isaa Saanqaa lallaafaa irraa kan hojjetame ta'uun isaa fakkiiwwan kaasuudhaaf isa gargaaree jira. Si'a tokko tokko yeroo dheeraaf balbala cufee hojjeta. Kitaabooleen babbanamanii lafarra jirani akka jalaa hin dadachaaneef dhagaa irra kaa'ee, miila isaa isa abbaa quba lamaatiin xamanee qabatee, sochii si'ataadhaan oliif gadi adeemaa, sarara irratti sarara dabalee, giddu gidduutti miira keessa galee gugumgumaa fakkicha kaasaa. Xumura irrattis fakkii walxaxee fi meeshaalee gosa adda addaa of keessatti qabate kaasee isaaniif dhiyeesse.

Bineeldooliin fakkicha yeroo ilaalani ija isaanii duratti baay'ee isaanitti miidhagus garuu haalli isaa tokkoyyuu isaaniif hin galle ture. Ta'us, fakkii hawwataa ta'e Qerreensoon kaase kana bineeldootni hundinuu yoo xiqqate guyyaatti si'a tokko nii daawwatu. Lukkulee fi Daakkiyyooliin utuu hin hafiin deemanii ilaalanii jiru, Fakkii xamaneedhaan lafa irratti kaasamee jiru irra ejjechuu dhiisuudhaaf rakkoo argaa. Shawwisaaf garuu dhimma isaayyuu hin turre. Jalqabuma irraayyuu ijaarsa Annisa qilleensichaa akka hin deeggarre ifa godhee waan tureef.

Guyyaa tokko akka tasaa ka'ee Shawwisaan karoora Qerreensoo daawwachuu deeme. Manicha keessa oliif gadi adeemaa tokkoon tokkoon ba'aa fi bu'aa pilaanichaa ija isaadhaan qoratee si'a lamman tokko gadi itti jedhee fuunfate. Fakkicha dalga ilaalaa yaadaan liqimsamee yeroo xiqqoof bakka jirutti cal jedhee dhaabbate. Itti aansees utuu hin yaadamiin miila isaa ol kaasee pilaanicha irratti fincaa'e. Sagalee utuu hin dhageessisiin kuticha gad-dhiisee ba'e.

Bineeldootni buufata qonnichaa keessa jiraatanis dhimma Annisa qilleensichaa irratti haala sodaachisaa ta'een ejjennoodhaan gargar ba'ani. Dhugumaanuu ijaarsicha raawwachuudhaaf ulfaataa akka isaanitti ta'u Qerreensoon hin dhoksine. Dhagaa caccabsanii dhaabbii isaa ijaaru. Sana booda sharaa hojjetanii diriirsu. kuni yeroo xumuramummoo Dinaamoo fi Shiboo Electriikaa qopheessu. (Dhiyeessiin kunneen eessaa akka argaman gama Qerreensootiin wanti ibsame hin jiru) Ijaarsichis waggaa tokko keessatti xumuramuu danda'a jedha. "Annisi qilleensichaa hojii humnaa isiniif kan hir'isu waan ta'eef torbanitti si'a sadii qofa dha hojii kan hojjettani" isaaniin jechuudhaan Qerreensoon bineeldootaaf ibse.

Shawwisaan gama isaatiin "Amma gaaffiin yeroon hin kennamneef oomisha dhiyeessii nyaataa dabaluu dha malee Annisa qilleensaa ijaaruu miti. Pilaanii gatii hin qabne kana irratti yeroo keessan kan gubdani yoo ta'e beelaan dhumtu" jechuudhaan yaada falmii isaa isaaniif kaase. Bineeldooliin bakka lamatti hiramani. Karaa tokko deeggartootni Qerreensoo "Qerreensoo fi hojii torbeetti guyyaa sadiif sagalee kennaa." Dhaadannoo jedhu yeroo qabatani, karaa biraadhaan "Shawwisaa fi garaa hin beelofneef sagalee kennaa." dhaadannoo jedhu kan qabatanimmoo deeggartoota Shawwisaa ta'anii ka'ani.

Walgaarreeffattoota lammeen kanaaf kan hin deeggarre Jaarsoo qofa ture. "Nyaatnis yoo ta'e baay'atee lafatti hin hafu. Annisi qilleensichaas yoo ijaarame dadhabsoon yoo ta'e homaa hin hafu."

jechuudhaan lallabaa, lamman isaaniiyyuu akka hin amanne dubbate. "Annisi qilleensaa jiraates dhiises jireenyi yoo ta'e akkuma turetti itti fufa, mufachiisummaa isaadhaan." Jechuudhaan yaada jabeessu itti dabale.

Waldhabdee ijaarsa Annisa qilleensaa irratti ka'een ala gaaffiin ittisa buufata qonnichaas wal-dhabsiisaa ture. Hagam waraana dallaa sa'aa irratti namootni mo'amanillee of gurmeessanii buufata qonnichaa irra deebi'anii to'anoo isaanii jala oolchuuf fi Dajjaash Bulchaan bakka isaatti deebisuuf yaalii murteessaa ta'e kan biraa gochuu danda'u kan jedhu yaadni walii galaa bineeldoota gidduu jira ture. Dhimmi ka'umsa waraana marsaa lammaffaaf sababa ta'a jedhamee itti amaname:- Mo'amuun namootaa oduun isaa baadiyyaa hundatti waan dhagahameef, bineeldooliin buufatawwan qonnaa ollaa keessa jiraatani irra caalaatti fincilaaf akka kaka'ani isaan godhee jira dhimma jedhu ture. Qerreensoo fi Shawwisaan akkuma barame dhimma ittisa bakka qonnichaa irratti walii hin galani. Amantiin Shawwisaa bineeldooliin Meeshaa lolaa argaatanii ofii isaanii of leenjisuu qabu kan jedhu yeroo ta'u, Qerreensoonimmoo gara bakka qonnaa ollaa jiraniitti Gugoota baay'ee yeroo yerootti erguudhaan fincilli akka ka'u kaka'umsa gochuutu nu irra jira kan jedhu ture. Inni tokko haleellaa irraa of ittisuu yoo hin dandeenye diinoota isaaniidhaan akka mo'aman yeroo yaada mormii kaasu iinni biraanimmoo bakka qonnaa olla jiranitti fincilli yoo ka'e of ittisuuf haalli isaan dirqisiisu hin uumamu jedha. Bineeldooliin jalqaba Shawwisaa itti aansee Qerreensoo dhaggeeffatani. Isa kamtu sirrii akka ta'e garuu murteessuu dadhabani. Haa ta'u malee garuu yeroo hundayyuu waliigaltee isaanii kan agarsiisani dhuma irratti isa dubbate waliin ture.

Egaa karoora Qerreensoo isa xumurame irratti guyyaa dilbataa isa itti aanutti Annisa qilleensaa ijaaruu fi ijaaruu dhiisuu irratti sagaleen ni kennama. Bakka kuusaa midhaanii isa guddicha keessatti bineeldooliin murtoodhaaf yeroo walga'anii jiranitti Qerreensoon ka'ee Annisa qilleensaa ijaaruun barbaachisaa ta'uu isaaf sababoota isaa hirmaattoota walga'ichaaf dhiyeesse, Hagamillee Hoolotni giddu gidduutti haasaa isaa addaan kutanis.

Shawwisaan deebii kennuuf ka'e. "Annisi qilleensaa gatii hin qabu. Kan ani isin gorsu sagalee deeggarsaa keessan Qerreensoof akka hin kennine qofa dha." Jechuudhaan tasgabbiidhaan dubbatee gadi taa'e. Haasaa sakandii soddomallee hin guutne gochuu isaatiin ejjennoo bineeldootaa irratti dhiibbaa gochuu danda'uu isaaf gochuu danda'uu dhiisuu isaaf dhimma waan godhate hin fakkaatu.

Qerreensoon yeroo lafaa ka'u Hoolota warra haasaa isaa addaan kutuuf dhaadannoo dhageessisuu jalqabani irratti iyye. Annisa qilleensaa ijaaruun maalif akka barbaachisus miira keessa ta'ee dubbachuu jalqabe. Hanga ammaatti bineeldooliin deeggarsaa fi mormii irratti qixxeetti ture kan hiramani. Haasaa cimaa Qerreensoon godhu garuu yaada isaanii to'achuu jalqabee jira. Jechoota babbareedoo ta'aniin, hojiin humnaa suukkanneessaa ta'e yeroo gatiittii isaanii irraa bu'u, waayee jireenya bakka qonnaa bineeldootaa isa bareedaa ta'e gara fuulduraatti uumamu isaaniif tarreesse.

Meeshaa midhaan tumuu fi nyaata bineeldootaa hiruun gama yaadaan fagaatee deeme. "Humni elektiriikaa" jedhe Qerreensoon, "Meeshaalee midhaan tumani, qottuuwwan, fonqolchitoota, lanqaxxuuwwan, filtuwwanii fi golgitoota sochoosa. Dallaa sa'ootaa tokkoon tokkoon isaaf Ibsaa, Bishaan qabbanaa'aa fi ho'aa ta'e, akkasumas ho'istuu elektriikaa burqisiisa" jedhee isaaniif ibse. Qerreensoon haasaa isaa akka xumuretti bineeldootni sagalee isaanii eenyuuf akka kennani kan shakkisiisu hin turre. Egaa yeroo murteessaa ta'e kanatti Shawwisaan bakka taa'ee ka'uudhaan Qerreensoodhaan ilaalcha tuffii adda ta'een isa ilaalee. Itti aansees, sagalee qalloo suukkanneessaa kanaan dura dhagahanii hin beekne baasee iyye.

Battaluma kanatti Sarootni gabbatani, morma isaanii irratti hidhaa hidhatani sagal saffisa guddaadhaan gara man-kuusichaa ol seenani. Kallattiidhaan gara Qerreensootti darbatamani. Qerreensoon bakka taa'ee darbatamee yeroo ka'u ilkaan Sarootittii xiqqumaaf isa bira darbani. Yeroo utuu hin fudhatiin karaa balbalichaa utaalee gadi ba'e. Saroolittiinis duuba bu'anii isa ari'uu jalqabani. Bineeldootni naasuudhaan walitti galanii dubbachuu dadhabani. Dhuma isaa ilaaluudhaaf wal dhiibaa gara balbalichaa deemani.

Qerreensoon Booyyeen hanga fiiguu danda'u fiigaa, karaa isa guddaa bira ga'uuf arreedee ce'aa jira ture. Saroolittiin garuu bira ga'anii jiru. Tasa mucucaatee yeroo kufu waan isaaf dhume fakkaata ture. Battalum sanatti ka'ee fiigicha isaa lubbu na baasii itti fufe. Saroota isa ari'aa jirani keessaa inni tokko bira ga'ee eegee isaa qabachuuf yeroo afaan banu xiqqumaaf oole. Fageenya xiqqoo isaaf hafe du'ee badee fiigee qaawwa karaa biqiltuuwwanii biraan argateen miliqe.

Bineeldooliin akkuma sodaadhaan liqimsamanitti callisanii gara man-kuusichaatti ol deebi'anii seenani. Battaluma sanatti Saroolittiin deebi'anii dhufani. Uumamni akkanaa eessaa akka argamani bineeldooliin bitaa isaanitti galee ture. Badaa utuu hin turiin deebiin isaa ifa isaaniif ta'e. Warreen Shawwisaan xinnummaa isaaniitti haadhoo isaanii jalaa adda baasee fudhatee dhuunfaa isaatti isaan guddise sana ta'uu isaanii isaaniif gale. Umuriin isaanii ammayyuu kan hin geenye ta'uyyuu Saroota guguddoo akka yeeyyii sodaachisoo ta'anii jiru. Shawwisaadhaan fagootti isa dheegu. Sarootni warreen kaan Dajjaash Bulchaaf eegee isaanii raasaa turani. Warri kunis Shawwisaaf akkuma sana isaan godha.

Egaa Shawwisaan Sarootaan marsamee, waltajjii bakka Maanguddoo Daalachoon haasaa itti taasisee ture sanatti ol ba'ee, "Walga'iileen guyyaa Dilbataa kan hin barbaachisnee fi kan yeroo gubani waan ta'aniif, har'aa kaasee dhorkamanii jiru" jedhee labse. Kana booda, gaaffileen bakka qonnichaa ilaalchisanii ka'ani hundi koree addaa warreen booyyee inni gaggeessuun deebiin itti laatama. Miseensootni koree, walga'iiwwan dhuunfaadhaan gaggeessani irratti murtoo irra ga'ame warra kaaniif ni beeksisu. Ta'us bineeldooliin torbee torbeedhaan wal ga'uun isaanii hin hafu. Alaabaa fannisuudhaaf, faarfannaa 'Bineeldoota Oromiyaa' faarfachuudhaaf fi ajaja hojii kan torbee fudhachuudhaaf. Kana booda marii wanti jedhamu gonkumaayyuu hin jiraatu.

Bineeldooliin Qerreensoon ari'amuu isaa irraan kan ka'e naasuun isaan irra ga'e guddaa ta'us, murtoo Shawwisaan murteesse irra caalaatti isaan aarse. Ka'umsi yaada falmii akkamiin akka ta'e sirriitti utuu beekaniitii mormii isaanii adda baasanii dhiyeessu ture. Magaalillee utuu hin hafiin dhimmichi garaa isa nyaatee jira. Gurra isaa lamman duubatti dhaabee, Gateettii isaa irra deddeebi'ee hurgufatee, yaada isaa walitti sassaabachuuf yaalii godhe. Yaadni dubbachuuf danda'u isaaf dhufe garuu homaa hin turre.

Booyyeen dargaggooliin waltajjicha fuuldura taa'ani afur walga'iileen guyyaa Dilbataa gaggeessamaa turani dhorkamuu isaaniitti akka walii hin galle ibsuuf tokkummaadhaan ol ka'anii dhaabbatani. Battaluma sanatti Sarootni warreen Shawwisaa marsanii taa'ani sun sagalee sodaachisaa ta'e baasaa qarriffaa isaanii isaanitti qaratani. Dargaggoolittiinis Saroota kana sodaatanii afaan isaanii cufanii deebi'anii gadi tataa'ani. Hoolotni kana arganis wal faana "warreen miila afurii gaarii warreen miila lamaa gadhee" dhaadannoo jedhu dhaadachuu eegalani. Kunis daqiiqaa kudha shaniif itti fufe. Kana booda dhorkamuu walga'ii guyyaa dilbataa ilaalchisee carraan mormii dhiyeessuu ni raawwateef. Walga'ichi akka xumuramettis xiqqoo turee waayee murtoo isa haaraa fi itti gaafatamummaa isaa Qaqawween irra naanna'ee ibsa akka isaanii kennuuf ergame.

"Jaallewwan koo!" jechaa eegale Qaqawween. "Jaallee Shawwisaan itti gaafatamummaa hojii dabalataa fudhachuudhaan wareegama inni kaffale hundi keessanuu laphee keessan irraa kan isaaf ajaa'ibsiifattani dha jedheen amana. Angoon ni gammachiisa jettanii gonkumaayyuu akka hin yaadne jaalleewwan koo. Faallaa isaadhaan itti gaafatamummaa akka dhagaa ulfaatu dha malee. Jaallee Shawwisaan olitti 'Bineeldootni hundinuu wal-qixa dha' isa jedhu kan itti amanu eenyuyyuu hin jiru. Utuu murtoowwan isiniif ta'ani ofii keessaniin dabarsachuu dandeessanii ni gammada ture. Haa ta'u malee yeroo tokko tokko murtoo dogoggora ta'ani murteessuu ni dandeessu. Egaa yeroos maaltu itti aana? Akka amma hubanne kana 'Abjuu fagoo' Qerreensoo, warreen badii uumani irra hin caalle, abjuu Annisa qilleensaa kana hordoftanii jirtu utuu ta'eewoo?"

"Waraana dallaa sa'aa irratti gootummaadhaan lolee jira." Jedhe Bineeldi tokko isaan gidduu dhaa.

"Gootummaan ga'aa miti" jedhee deebise Qaqawween. "Ama-
namummaa fi ajajamuun hunda caalaatti ol aanoo dha. Waraana
dallaa sa'aa irratti ga'een gootummaa Qerreensoo as gali kan hin
jedhamne, gar malee ol ka'ee kan isaaf odeessame ta'uu isaaf
dhugaan isaa yeroo itti ba'u ni dhufa jedheen amana. Si'aayina
jaalleewwan koo! Si'aayina akka sibiilaa jabaate! Dhaadannoon
guyyaa har'aa kana dha. Tarkaanfiin dogoggoraa tokko diinoota
keenya deebisee nurratti fida. Dhugumaan jaalleewwan koo,
Dajjaash Bulchaan deebi'ee akka dhufu nii barbaadduu?"
Yaadni mormii isaaniif taa'e kuni deebii kan hin qabne ture.
Bineeldooliin Dajjaash Bulchaan isaanitti akka deebi'u tasa akka
hin barbaadne shakkii hin qabani. Walga'iin guyyoota Dilbataa
gaggeessamaa ture Dajjaash Bulchaa deebisee isaanitti kan fidu
ture taanan dhugumayyuu dhorkamuutu itti ture. Magaal inni
Loojikii kana irratti bal'inaan yaaduuf yeroo ga'aa argate miira
bineeldootaa akka itti aanutti ibse. "Jaalleen Shawwisaa yoo dub-
bate dhugaa ta'uutu isa irra jira" Jechuudhaan. Egaa yeroo kanaa
eegalee "Shawwisaan yeroo hundaa sirrii dha." Dhaadannoo jedhu
dhaadachuu jalqabe. Kuni egaa ibsa qajeelfama dhuunfaa isaa isa
"Irra caalaatti jabaadheen hojjedha" Jedhuun ala isa dabalataa
ture.
Jiini inni itti aanu yeroo galu haalli qilleensichaas ni jijjiirame.
Qonni ni eegale. Manni inni Qerreensoon lafa isaa irratti pilaanii
Annisa qilleensichaa fakkiidhaan kaa'ee ture sun cufamee jira.
Bineeldootnis Pilaanichis laficha irraa bade jira jedhanii yaadu.
Dilbata ganama yeroo hundaa sa'aatii kudhan irratti bineel-
dootni man-kuusaa midhaanii isa guddaatti wal-ga'anii qajee-
lfama hojii kan torbee fudhatu. Lafeen Qabee Mataa Maangud-
doo Daalachoo (amma foon homtuu irra hin jiru) bakka itti
awwaalamee baasamee bakka qonnaa fuulduratti gadi ba'ee
qawwicha bira godhamee jira. Sirna alaabaa fannisuu booda
Bineeldooliin gara man-kuusaa midhaanii seenuu isaanii dura
hiriiraan ta'anii miira kabajaa gadi fagoodhaan Lafee Qabee Mataa
Maanguddoo Daalachoo fuuldura darbuutu isaan irraa dheegama.
Bara ammaa, Bineeldooliin akka durii man-kuusa midhaanichaa
keessa wal faana hin taa'ani. Shawwisaa fi Qaqawween Booy-

yee Jorraa jedhamu dandeettii walaloo fi faarfannaa barreessuu fi qopheessuu qabu waliin ta'anii, waltajjiirra fuuldura taa'u. Sarootni dheegduun gabbatani saglan, bifa walakkaa geengootiin, sadan isaanii marsanii taa'u. Bineeldootni warreen hafani lafa man-kuusaa midhaanichaa irra fuula isaanii gara sadeen isaaniitti naannessanii taa'u. Sana booda Shawwisaan ajaja torbee, sagalee loltu waraanaatiin, isaaniif dabarsa. Faarfannaan 'Bineeldoota Oromiyaa' si'a tokko faarfatamee walga'ichi bittinnaa'a.

Qerreensoon ari'atamee torbee sadaffaa isaatti, guyyaa Dilbataa, Shawwisaan "Annisi qilleensichaa nii ijaarama" jedhee dubbachuu isaa yeroo dhaga'ani, bineeldooliin baay'ee ture kan isaan ajaa'ibe. Sababni yaada isaa jijjiiruu maal akka ta'e wanti inni isaaniif ibse hin turre. Hojii dabalataa kanaaf jabaatanii hojjechuun akka isaan irraa dheegamu isaan akeekkachiise. Tarii nyaata guyyaatti isaan barbaachisu isaan jalaa hir'isuu akka danda'us isaaniif ibse. Dizaayinichi jalqabaa hanga dhumaatti haala sirrii ta'een qophaa'ee jira. Torbee sadan darbaniif koreen addaa warreen booyyee kanuma hojjechaa ture. Ijaarsi Annisa qilleensichaas fooyya'umsi kan biros itti dabalamanii waggaa lama keessatti ni xumurama jedhamee yaadamee jira.

Galgala sana Qaqawween bineeldoota warreen kaaniif irra naanna'ee "Shawwisaan Annisa Qilleensichaa kan morme laphee isaa irraa hin turre. Kan isin dhibu faallaa isaadhaan Shawwisaa mataa isaa ture yaada jalqabaa kan burqisiise. Lafa mana bakka hanqaaquun itti yaasamu irratti dizaayinii Qerreensoon kaase sun sanadoota Shawwisaa hataman keessaa isa tokko yeroo ta'u, Annisi qilleensichaas kalaqa sammuu Shawwisaa kan mataa isaa ture." Jechuudhaan isaaniif ibse.

Bineeldoota ibsa Qaqawwee dhaga'an gidduudhaa inni tokko "Maarree maalif ture Shawwisaan jabeessee kan isa morme?" jedhee isa gaafate.

Qaqawween seeqa dhoksaa of keessaa qabu isaanitti agarsiise. Itti aansees "Suni toftaa Shawwisaa ture. Annisa qilleensichaa waan mormu kan fakkaate Qerreensoo isa amala balaa ta'e qabuu fi fakkeenya gadhee ta'e sana bakka kanaa fageessuuf oogummaa inni itti fayyadame ture. Egaa kunoo gufummaan Qerreensoo waan buqqa'eef pilaanichi giddu-galumsa isaa tokko malee hojii irra kan oolu ta'a. Adeemsi akkasii kunimmoo 'Taaktiik' jedhama" Jechuudhaan isaaniif ibse, Eegee isaa olii gadi raasaa fi kolfa gammachuu kolfaa. "Taaktiik! jaalleewwan koo. Taaktiik!" jechicha irra isaanii deddeebi'e.

Bineeldootni hiikni sirrii 'Taaktiik' isaaniif hin galle. Haa ta'u malee Qaqawween miira keessa ta'ee yeroo dubbatuu fi yeroo Sarootni dheegdoonni isaa gurguddinni isaanii sodaachisaa ta'e sun sadi naannaa isaa naanna'aa sagalee sodaachisaa isaan dhageessisan, gaaffilee dabalataa malee ibsicha fudhatani.

BOQONNAA JA'A

Ijaarsa Annisa qilleensaa

Waggaa guutuu bineeldooliin akka garbichaa hojjetani. Hojii isaaniitti gammadoo ta'uu isaaniin olitti dadhabsuun isaaniis ta'e wareegamni isaanii komii isaan keessatti hin uumne. Kan akkas dhama'animmoo ofii isaaniif akkasumas badhaadhina dhaloota isaan booda dhufaniif malee warreen dhala namaa warra hoomaa Hattuu ta'aniif akka hin taane isaanii galee jira.

Bona guutuu torbanitti sa'aatii jahaatama ture kan hojjetani. Ji'a bitooteessaatti Shawwisaan ajaja haaraa dabarse. Ajajichis "kana booda Dilbatni waaree booda yeroo hojii ta'a" kan jedhu ture. "Kuni garuu fedhii ofii irratti kan hundaa'e ta'a" jedhamus, bineeldi hojii irraa hafe kamiyyuu garuu durgoon guyyaa isaa walakkaan jalaa hir'isama. Yeroo kanatti hojilee tokko tokko boodatti hanbisuun barbaachisaa ta'ee ture. Oomishni bara kanaa kan bara darbee waliin yeroo wal biratti madaalamu kan bara kanaa hir'atee jira. Fakkeenyaaf lafti qotiisaa lama ji'oota bonaa dursanii qotamanii waan hin qophoofneef sanyii irratti facaasuun hin danda'amne. Kanaafis ganni dhufu yeroo rakkoo akka ta'u nii tilmaamama.

Hojiin Annisa qilleensichaa rakkoo hin yaadamne fide. Bakka qonnichaatti dhagaan ijaarsaaf ta'u ga'aan jira. Manneen Mooraa buufata qonnichaa keessatti argaman keessaas isa tokko keessatti cirrachaa fi simintoo hedduun argamee jira. Qormaatni jalqaba bineeldoota mudates, dhagicha haala ijaarsaaf ta'uu danda'utti akkam godhanii akka caccabsani ture. Burruusaa fi sibiila dheeraa ittiin caccabsanin ala hojjechuun waan danda'amu hin fakkaatu. Isaanimmoo meeshaalee kanneeniin fayyadamuu hin danda'ani. Sababni isaas bineeldi kamiyyuu miila isaa lamaan dhaabachuu waan hin dandeenyeefi. Kanaafis erga torbeewwaniif akkasumatti dhama'anii booda isaan gidduudhaa inni tokko yaada burqisiise. Kunis "Humna Harkisa lafaa (Giraaviitii) fay-yadamuu" kan jedhu ture. Meeshaaleen fe'umsaa ulfaatoo fi gur-guddoon bakka itti dhagaa baasani sana jiru turani. Bineeldootni meeshaalee fe'umsaa kanneen funyoodhaan hidhani. Hundumti isaanii tokkummaadhaan Sa'oota, Fardeen, Hooloota, Bineelda kamiyyuu funyoo qabuu danda'e hunda, yeroo tokko tokko yeroo murteessaa ta'etti warreen booyyeenis utuu hin hafiin, Tabba bakka dhagaan nammee jirutti, haala akka adeemsa Qocaa suuta adeemuun harkisaa ol baasu. Mataa tabbiichaa irra ga'anii meeshaa fe'umsootaa asii gadi yeroo galagalchani dhagichi inni gadi jigu dhagaa isa lafa jiru waliin yeroo wal rukutu ni caccaba. Adeemsa Kana waliin yeroo wal bira qabamu dhagaa isa caccabe deddeebisuun salphaa ture. Fardootni Gaarii guutuu baatu. Hool-ootni hanga danda'ani kaasu. Shaashoo fi Jaarsoon utuu hin hafiin gaarii dulloome baatanii itti dhama'uudhaan deddeebisani. Gara dhuma bonaa jala, kuusamni dhagaa ga'aa ta'e qophaa'ee hojii to'annoo warreen booyyeetiin ijaarsi isaa ni eegalame.

Adeemsa suuta jedhaa fi dadhabsiisaa ture. Yeroo baay'ee fe'umsa tokko harkisanii Tabba bakka itti dhagaa gadi darbatanii cac-cabsan biraan ga'uudhaaf dadhabbii guyyaa guutuu isaan gaa-fata. Yeroo tokko tokkommoo tabbaa irra geessisanii asii gadi yeroo gad dhiisani dhagichi utuu hin caccabiin hafa. Magaal utuu hin jiraanneetii waan tokkollee hojjechuun hin danda'amu ture. Humni Magaal kan Bineeldootaa hundi walitti ida'amee qixxee ta'a. Fakkeenyaaf yeroo tokko Meeshaa fe'umsaa isa guddaa utuu harkisaa jiranii ulfaatina isaa irraan kan ka'e gara duubaatti si-gigaachuu jalqabe. Bineeldoota fudhatee asii gadi bu'uu jalqabe. Warri Meeshicha harkisaa turanis sodaa fi dhiphachuudhaan walitti iyyuu yeroo eegalani, Magaal garuu ilkaan isaa walitti ciniinnatee, hiddi dhiigaa isaa dhadhaabbachaa, akkuma fedhetti wallaansoo godhee isaan dhaabe. Arganaa, dafqaan dhiqamee, kottee isaadhaan lafa qotaa, gulantaa dhaa gulantaatti fe'umsi- cha harkisaa tabbicha yeroo ol ba'u kan isa arge hundi raajeeffan- naa guddaadhaan liqimsama.

Yeroo tokko tokko of miidhuun akka isa irra hin jirre Diimeen ni gorsitiin. Magaal garuu tasa ishee hin dhaga'u. Qajeelfama dhuun- faa isaa "Irra caalaatti jabaadheen hojjedha" fi "Shawwisaan yeroo kamiyyuu sirrii dha" warreen jedhan sana furtuu waa hundaa godhee isaan fudhatee jira. Kormaa Handaanqoo tokkoo waliin walii galtee godheen ganama yeroo hundaa daqiiqaa afurtamii shan bineeldoota warra kaaniin dura dursee hirribaa akka isaa dammaqsu godhee jira. Sa'aatii haftee argate hundatti (Sa'aatii haftee waan jedhamullee hin qabu.) gara iddoo itti dhagaa baasanii bu'ee, dhagoota caccabani fe'ee gargaarsa tokko malee gara iddoo ijaarsa Annisa qilleensichaa geessa.

Hagamillee dhiibbaan hojii isaanitti baay'atus garuu, ji'oottan bonaa kanneen keessa bineeldooliin jireenya mufachiisaa keessa hin turre. Baay'ina nyaataa bara Dajjaash Bulchaa argataa tur- ani irraa wanti dabale jiraachuu baatus, kan hir'ate garuu hin turre. Dafqa isaaniitiin mataa isaanii qofa malee warreen dhala namaa, warreen garaan isaanii hin guutne shan nyaata nyaachisuu dhiisuun isaanii gammachuu inni isaan gonfachiise guddaa waan tureef, kufaatileen isaan mudatan kam isaaniiyyuu gammachuu isaanii dukkaneessuu hin dandeenye. Bifa baay'eedhaan malli qonnaa bineeldootaa isa durii irra caalaa kan fooyya'ee fi humna isaan baasaa turani kan isaanii hir'ise ture. Fakkeenyaaf hojiin ara- maa ariitii fi qulqullina warreen dhala namaa gonkumaa raawwa- chuu hin dandeenyeen raawwatama.

Bineeldi kamiyyuu yeroo ammaa akka durii hojii irraa waan hin hafneef, lafa margi itti biqilu lafa midhaan itti biqilu irraa adda baasuuf dallaa ijaaruun barbaachisaa hin turre. Kunis biqiltuu kunuunsuu fi cuftulee dallaa haaroomsuuf yeroo dabalataa isaan- iif argamsiisee jira.

Walakkaa Bonaa hir'inni Wantootaa fi Meeshaalee baay'inaan akka jiru ifa ta'uu jalqabe. Zayiita Paaraafiinii, Mismaara, Fun- yoo, Nyaata Saree, Sibiila kopheen fardaa ittiin hojjetamu, haala ga'aa ta'een hin jirani. Warreen kuni bakka qonnichaatti kan oomishamani hin turre. Barbaachisummaan sanyii filatamaa fi xaa'oo harka namaan hojjetamuus dabalaa dhufe. Meeshaaleen salphaa ta'ani adda addaa fi Maashinoonni Annisa qilleensichaaf ta'ani jiraachuu dhiisuun isaanii baay'ee yaaddeessaa ta'e. Warreen kuni hundi eessaa argamuu akka danda'ani kan bare hin turre.

Guyyaa dilbataa tokko bineeldooliin ajaja torbee fudhachuuf walga'anii bakka jiranitti, Shawwisaan qajeelfama haaraa baasuu isaa fi raggaasuu isaa isaanitti hime. "Kana booda bakki qonnaa bineeldootaa bakkeewwan qonnaa ollaa jirani waliin bittaa fi gurgurtaa ni raawwata. Kuni kan murteessame meeshaalee barbaachisani bifa ariifachiisaa ta'een argachuuf akka nu dandeessisuuf jedhameetu malee bu'aa daldalaan argamuuf jedhamee miti. Ijaarsa Annisa Qilleensaaf jecha wanti kaan hundi hafuutu isatti jira." Jedhe Shawwisaan. "Waan kana ta'eefis" jedhe itti fufee. "Tuullaan cidii hamma murtaa'e tokkoo fi oomisha qamadii waggaa kanaa irraa walakkaan isaa karaa ittiin gurguramuu danda'u nan mijeessa. Xiqqoo turee tarii qarshiin dabalataa yoo barbaachise buphaawwan gurguruun nurra jiraata ta'a. Guyyaa hundaa Leeqaa gabaan buphaa jira. Gargaarsa ijaarsa Annisa Qilleensaaf gootaniif jecha lukkuleen wareegama addaa kana kaffaluu danda'uu keessaniif gammaduutu isinitti jira."

Murtoon Shawwisaa sammuu bineeldootaa keessatti yaada ifa hin taane uume. Dajjaash Bulchaan akka ari'ameen walga'ii injifannoo ilaalchise godhame irratti murtoowwan dursanii dabarsaman gidduudhaa:- Warreen dhala namaa waliin walquunnamtii kamiyyuu uumuu dhiisuu, bittaa fi gurgurtaa kamiyyuu gochuu dhiisuu, qarshiidhaan tasa fayyadamuu dhiisuu – kan jedhan keessa hin turree? Eeyyeen! bineeldootni hundi isaaniiyyuu murtoowwan akkanaa dabarsuu isaanii ni yaadatu. Yokiin murtooleen akka sanaa akka turani yoo xiqqate ni yaadatu.

Yeroo Shawwisaan waltajjii marii guyyaa dilbataa dhaabsise sana booyyeen dargaggoo afur mormii dhageessisanii turanisun ammas murtoo Shawwisaa isa kana irratti sossodaachaa sagalee isaanii dhageessisanis saroolittiin sagalee dheekkamsuu sodaachisaa baasuu waan eegalaniif mormii isaanii dhaabanii gadi taa'ani. Battaluma sanatti Hoolootni "warreen miila afurii garii warreen miila lamaa gadhee" jechaa dhaadannoo baasuu jalqabani. Kana gidduutti miirri tasgabbaa'uu dhabuu isaan gidduutti uumamee ture ni qabbanaa'e. Dhuma irrattis akka callisaniif miila isaa isa fuulduraa tokko ol kaase. Walitti aansees raawwii murtichaaf qophii barbaachisaa ta'e xumuruu isaa labse. Nageenya bineeldootaaf jecha dhala namaa waliin wal arguu dhiisuun isaanii barbaachisaa waan ta'eef karaa kanaan homaa sodaan tokkoyyuu isaan keessa buluun akka irra hin jirre isaaniif ibse. Kana hojii irra oolchuudhaaf itti gaafatamummaa isaa hunda inni ni fudhata.

Abukaattoon jiraataa Leeqaa Obbo Bojaa jedhamu bakka qonnaa bineeldootaa fi addunyaa alaa walquunnamsiistuu ta'ee hojjechuuf walii galuu isaa fi yeroo hundaa wiixata ganama buufata qonnichaatti argamee qajeelfamoota akka fudhatu isaaniif ibse. Akkuma barame Shawwisaan haasaa isaa yeroo xumuru "Bakki qonnaa bineeldootaa bara baraan haa jiraatu!" jedhee iyye. Faarfannaan 'Bineeldoota Oromiyaa' faarfatamee walga'ichi bittinaa'e.

Kana booda Qaqawween yaada bineeldootaa akka tasgabbeessuuf ergame. "Murtoon bittaaf gurgurtaa raawwachuun nutti hin jiru jedhuu fi qarshiidhaan fayyadamuun nutti hin jiru jedhu kanaan dura dabarsamee akka hin beekne, gonkumaayyuu yaadni isaallee akka hin dhiyaatne, shakkii hin qabu." Isaaniin jedhe. "Tasumayyuu abjuu yoo ta'e malee - tarii jalqabuma irraa soboota Qerreensoon tamsaasaa ture gidduudhaa isa tokko ta'uu ni danda'a" jedhe Qaqawween. Bineeldootni muraasni dhugoomina haasaa isaa shakkani. "Jaalleewwan koo! wanti isin yaaddani kuni abjuu keessan ta'uu dhiisuu isaatiif shakkii hin qabdanii? Kanumaammoo murtoon akka sana jedhu darbuu isaatiif raga qabduuree? Iddoon inni itti barreessamewoo eessa?" jedhee gaaffiidhaan isaan hambise. Egaa ragaan barreessamaan qabatamaa ta'e jiraachuu dhiisuun isaa dhugaa waan ta'eef bineeldootni hundi dogoggorree jirra jedhanii amananii fudhatani.

Guyyaa wiixataa yeroo hundaa akkaataa waliigaltichaatiin Obbo Bojaan buufata qonnichaa nii daawwata. Obbo Bojaan Nama qaamni isaa xiqqoo, bifti isaa gamna fakkaatu, hareeda bitaaf mirgaan dheerate qabu yeroo ta'u, daldaltoota warreen kaap-pitaala giddu galeessaan socho'uufis abukaattumaadhaan nii tajaajila. Buufata qonnaa bineeldootaa addunyaa alaa waliin wal quunnamsiisuuf faddaalli akka barbaachisu gamna dursee hubate ta'uu isaatiin alatti hojii kanarraa koomishinii inni argatu sal-phaa akka hin taane hubatee jira.

Bineeldooliin Obbo Bojaan yeroo inni dhufuu fi yeroo inni deemu ija jibbaan isa ilaalu. Hanga isaaniif danda'ametti isa waliin wal arguu dhiisuudhaaf irraa fagaatu. Haa ta'u malee Shawwisaan inni abbaa miila afurii Bojaa isa abbaa miila lamaaf ajaja yeroo isaaf kennuu arguu isaaniitti boonatu isaanitti dhaga'ama. Walii galteen Nama waliin godhamuusaa irratti komii qabani walak-kaattii hir'isaa dhufani. Hariiroo isaan dhala namaa waliin qabani guutummaan guutuutti jijjiiramee jira.

Warreen dhala namaa buufata bakka qonnaa bineeldootaaf jibbi isaan qabani ammayyuu isa durii irraan gadi kan ta'e miti. Buu-fatichi irra caalaatti yeroo ammaa guddachuu isaatti jibbi isaanii caalaatti hammaatee jira. "Haa dafus haa turus malee bakki qonnaa bineeldootaa kufuun isaa hin oolu" amantii jedhu qabu ture. Hunduma caalaatti ijaarsi Annisa qilleensichaa akka hin milkoofne barbaadu. Mana manatti wal ga'anii Annisi qilleensi-chaa yoo ijaaramellee deebisee akka jigu fakkii isaanii walii walii isaaniif walii ibsu. Yookiinimmoo ijaarsichi yoo milkaa'e meeshichi hin hojjetu jedhu. Kana hunda gidduutti garuu dan-deettii ofiin of bulchuu bineeldootaatti haala murtaa'een ta'us fedhii isaanii malee kabaja isaaniif kennuu jalqabanii jiru. Ka-naafimmoo wabiin tokko maqaan "Bakka qonnaa bineeldootaa" jedhu akka inni hin jirre godhanii maqaa isaa duriitiin "Bakka qonnaa Koomboo" jedhanii waamuu dhiisuu isaanii ture. Dajjaash Bulchaan karaa isaa, bakka qonnichaa lammuu lammataa deebi-see akka hin arganne dhugaa isaa baree naannicha gad dhiisee deemee jira.

Bakki qonnaa bineeldootaa hanga yoonaa addunyaa alaa waliin hariiroo inni qabu kan raawwatamu karaa Obbo Bojaa qofa ture. Haa ta'u malee, irra deddeebi'amee akka dhaga'amaa jirutti Shawwisaan abbaa qabeenyaa bakka qonnaa Migira Hadurree kan ta'an obbo Jiilchaa waliin yokiin abbaa qabeenyaa bakka qonnaa Yamboo Obbo Namoo waliin (Silas lamman jaraa keessaa tokkoon isaanii waliin ta'a malee garuu lamman jaraa waliin hin ta'u) waliigaltee bittaaf gurgurtaa gochuuf qophaa'ee jira jedhama.

Egaa yeroo kana ture warreen booyyeen utuu hin yaadamiin waan qabani hunda gurguratanii gara Godoo isa guddaatti (Mana jireenyaa Dajjaash Bulchaa isa durii) kan jijjiirraa godhatani. Bineeldooliin mana jireenyaa kana ilaalchisee murtoo walii galtee tokko waliin dabarsuu isaanii ni yaadatu. Haa ta'uu malee Qaqawween murtoon darbee ture akka hin jirree fi yaadannoon isaaniis kan dogoggore ta'uu isaa ibsuudhaan isaan amansiise. Mootara sammuu bakka qonnichaa kan ta'ani, warreen booyyeen, itti gaafatamummaa isaanii kana ga'umsaan ba'achuu akka danda'aniif bakki cal-jedhaan barbaachisaa akka ta'e isaanitti hime. "Hundaa olitti kabaja dura taa'aa keenyaaf mana akkanumatti cal-jedhee ijaarame utuu hin ta'iin, mana sirraa'ee ijaarame keessa jiraachuun barbaachisaa ta'ee argamee jira." Jedhee isaaniif ibse Qaqawween. (Yeroo dhiyoo asitti Shawwisaadhaan 'dura taa'aa' jedhee waamuu jalqabee jira.)

Warreen Booyyee, nyaata isaanii kutaa bakka itti nyaatni bilcheessamu keessatti nyaachuu akka eegalanii fi saaloonicha bakka bashannanaa akka godhani qofa utuu hin ta'iin, Siree irra akka rafanis bineeldooliin yeroo dhaga'ani ni jeeqamani. Magaal akkuma barame faarfannaa isaa "Shawwisaan yeroo hundumaa sirrii dha" jedhuun dhimmicha salphisee bira darbe. Ajajoota warreen torban dhaabbii man-kuusa midhaanichaa irratti barreessaman keessaa inni tokko siree irra ciisuu kan dhorku ta'uu isaa Diimeen sirriitti waan yaadatteef ajajoota sana dubbisuuf gara man-kuusichaa deemte. Qubeewwan murtaa'aniin olitti deemuu waan dadhabdeef Shaashoo waammatte.

"Shaashoo mee ajaja isa afuraffaa naa dubbisi. Siree irra ciisuun dhorkaa dha mitii kan jedhu?"

Shaashoon dubbisuuf xiqqoo erga rakkattee booda guutummaa isaa isheef dubbiste.

"Bineeldi kamiyyuu siree irra ciisuun irra hin jiru: Ansoolaa uffatee" jedha isheedhaan jette.

Wanti isaan raajeeffachiisu, Diimeen ajajni afuraffaa yeroo tumamu jechi Ansoolaa uffatanii jedhu akka keessa hin turre nii yaadatti. Haa ta'u malee dhaabbii ajajootni torban irratti barreessaman sana irratti barreessamee kan argamu ajaja isheen amma dhageesse kana waan ta'eef waan dogoggorte isheetti fakkaate. Qaqawween akka carraa ta'ee Saroota isa dheegani /Body guards/ sadiin marsamee achi biraan darbaa waan tureef dhimmicha dhaga'uu isaa irraan kan ka'e hiika irra hin deebi'amne isaaniif kenne.

"Jaalleewwan koo! nuti warreen booyyee Godoo isa guddaa keessa, siree irra akka rafnu dhageessanii jirtuu? Maarree yoo rafnewoo? Seerri siree irra ciisuu dhorku jira jettanii yaadduu laata? Siree jechuun bakka ciisichaa jechuu qofa dha. Margi gogaa bakka ciisicha bineeldootaa irra afame argamu siree jedhama; hiika isaa isa dhugaadhaan yoo deemne. Seerichi kan dhorku Ansoolaa dha. Firii kalaqa warreen dhala namaati. Ansoolootammoo taanaan Godoo kana keessaa gadi baasnee gatnee jirra. Nuti kan rafnu uffata qorraa halkanii qofa uffatneeti. Dhugaadha sireewwan kunneen bay'ee bohaarsoo dha. Haa ta'u malee bohaarsi isaanii yeroo hojii sammuu nuti hojjennu waliin wal biratti madaalamu hamma barbaadnuun olitti miti. Kana nuu hubachuutu isin irra jira jaalleewwan koo. Haala ittiin Yaada tasgabbaa'een yaadnu nu dhowwachuu barbaadduu? Itti gaafatamummaa keenya sababa dadhabsuudhaan ga'umsaan akka nuti hin ba'anne ni barbaadduu? Egaa Dajjaash Bulchaan deebi'ee akka dhufu kan barbaadu jiraa laata?"

Bineeldootni maqaan Dajjaash Bulchaa yeroo isaanitti ka'u wanta Qaqawween dubbate hunda irratti walii galuu isaanii battalumatti isaaf ibsani. Egaa kana booda waayeen dhimma warreen booyyee siree irra ciisuu isaanii ilaalchisee gaaffii kaasuun ni raawwateef. Kanaafis guyyoota muraasa booda "warreen booyyee hirriba isaanii irraa kan ka'ani bineeldootni warreen kaan erga ka'anii booda sa'aatii tokko boodatti hafee ta'a" labsiin jedhu yeroo ba'u kan morme hin turre.

Ji'i qonnaa galee dadhabsuun hojii bineeldoota irratti dhiibbaa godhus, waggichi yeroo qorumsaa fi rakkisa isaanitti ta'us, garuu gammadoo turani. Nyaatni gurgurtaa Cidii fi Boqqolloo irraa bi-tamee bakka kuusaatti argamu hagamillee baay'ina qabaachuu dhiisus, Annisa qilleensichaa walakkaa isaa ijaaranii xumuruun isaanii bakka isaanii bu'ee jira. Yeroo Midhaan itti biqilutti aanee yeroon gogumsaa dheeraan itti aane dhufe. Hojiin bineeldootaas yeroo kamiin olitti dachaadhaan dabale. Guyyaa guutuu dhagaa oliif gadi deddeebisaa, dhaabbii Annisa qilleensichaa taakkuu tokkoonillee ta'e ol dabaluuf gidiraa isaanii argaa oolu. Kees-sumaayyuu Magaal halkan jiini yeroo baatus deemee sa'aatii tok-koo oli qofaa isaa hojjeta.

Bineeldooliin yeroo boqonnaa isaaniitti ijaarsa isaanii walak-kaan isaa xumurame, naannoo isaa naanna'aa, jabina dhaab-bii isaa fi kallattiidhaan dhaabbachuu isaa raajeeffachuudhaan, ijaarsa simboo qabu akkanaa hojjechuu danda'uu isaaniitti gam-madu. Jaarsoo isa jaarsicha qofa ture ijaarsi Annisa qilleensichaa kan dhimma isaaf hin kennine. Akkuma barame yaada isaa "Har-rootni bara dheeraa jiraatu." Jedhuun ala waan biraa hin dubbatu. Qilleensa balaafamaa kibba-dhihaa irraa dhufeen marsamee ji'i waxabajjii ni gale. Sababa jiidhinsaatiin simintoo walitti makuun kan hin danda'amne waan ta'eef ijaarsi Annisa qilleensichaa dhaa-bachuutu isa irra ture. Guyyaa tokko halkan qilleensa biyya guutuu raasetu ka'e. Dhaabbii godoowwan buufata qonnichaa gargar raase. Sammuu manaa sa'ootni keessa bulan hedduu bubuqqise. Lukkuleen sodaadhaan iyya isaanii keessaa fuud-hani. Sababni isaaniis hundi isaaniiyyuu abjuu isaaniitti sagalee qawwee bakka fagoodhaa dhukaasame dhagahanii waan tureefi. Bari'ee bineeldooliin bakka bulmaatii isaaniidhaa yeroo gadi ba'ani, dhaabbiin itti alaabaa fannisani kufee, mukti bakka qon-naa fuduraatti argamu hundee isaatii buqqa'ee argani. Battaluma sanatti tokkoon tokkoon bineeldootaa irraa iyyi dhagahame. Wanti isaan argani dawwannaa amanuuf isaanitti cimu waan tureef... Annisi qilleensichaa jijjigee jira.

Fiigaa bakka ijaarsa Annisa qilleensichaa ga'ani. Eeyyeen! Dhugaa ture. Firiin dadhabsuu isaanii sun hundi hundee isaatii diigamee jira. Dhagaan akka sana dafqa isaanii xuruursaa, caccabsaa fi baachaa turani bakka bakkatti bittinnaa'ee jira. Dubbachuu dadhabanii, naasuudhaan fajajanii, dhagaa isa diigame irratti ija babaasanii hafani. Shawwisaan callisee oliif gadi deema. Darbee darbee laficha fuunfata. Eegeen isaa dhaabbatee bitaa mirgatti romma. Yaada gadi fagoo irra akka jiru kan agarsiisu ture. Tasa oliif gadi adeemuu isaa dhaabe. Murtoo tokko irra waan ga'e fakkaata.

"Jaalleewwan koo" jechuudhaan suuta jalqabe. "Badii kanaaf eenyutu akka itti gaafatamu beektuu?" diina keenya dukkana dahoo godhatee dhufuudhaan Annisa Qilleensichaa diige ni beektuu? Jedhee isaan gaafate. Itti aansee sagalee akka iyya waaqaa gungumuun "Qerreensoo" jechuudhaan iyye. Kana kan raawwate Qerreensoo dha. Inaaffaadhaan karoora keenya gufachiisuuf. Ari'amuu isaa haaloo ba'uuf jecha gantuun kun dukkana uffatee dhufee ijaarsa gara waggaa tokkoo itti dadhabne balleesse. Jaalleewwan koo! Qerreensoo irratti, iddoo kanattii fi amma, adabbii du'aa itti murteesseen jira. Bineelda akka inni murtoodhaaf dhiyaatu godhuuf Appilii guuboo walakkaa fi Medaaliyaa kan 'Goota bineeldootaa sadarkaa lammaffaa' nanbadhaasa. jechuudhaan Shawwisaan isaan beeksise.

Bineeldooliin Qerreensoon badii akkanaa raawwachuu isaa yeroo isaanitti himamu naasuun isaan na'ani waan ittiin qixxaatu hin qabu ture. Keessa isaaniitti miirri haaloo ba'uu kaka'umsa isaanitti uume. Kanaafis Qerreensoon kana booda yoo dhufe akkam godhanii akka ifatti isa qabani mataa mataa isaaniitti yaaduu jalqabani. Badaa utuu hin turiin fageenya xiqqoo tabbicha irraa fagaatu irratti, faanni kottee Booyyee marga irratti argame. Faana miilichaa xiqqoo akka duukaa bu'anitti boolla bakka biqiltuuwwan bira jiru irra yeroo ga'u ni dhaabbata. Shawwisaan faana kotteewwanii argamani gadi fageenyaan fuunfatee "kan Qerreensoo dha!" jedhee iyye. Qerreensoon kallattii bakka qonnaa Migira Hadurree irraan dhufee akka ture yaada mataa isaa kenne.

"Yoomillee ta'e gara duubaatti hin deebinu!" jedhee iyye Shawwisaan, Faana kottichaa erga qorateen booda. "Ergama qabna. Har'uma ijaarsa Annisa qilleensichaa ni eegalla. Aduun ba'e, bokkaan yandoo yoo robe, hanga gannaatti itti fufnees ta'e, ni ijaarra. Gantuun gati-dhabaan kuni kaayyoo keenya salphaatti hanbisuu akka hin dandeenye barumsa isaaf kennina. Yaadadhaa jaalleewwan koo! Karoora keenya irratti jijjiirama tokkollee hin goonu. Yeroo karoorsametti ni xumurama. Gara fuulduraatti jaallewwan koo! Annisi qilleensaa bara baraaf haa jiraatu! Bakki qonnaa bineeldootaa bara baraaf haa jiraatu!"

BOQONNAA TORBA

Abbaa Irrummaa

Yeroon bonaa waggaa itti aanuu baay'ee ulfaataa ture. Haala qilleensaa gogaa, baay'ee ho'aa ta'een bakka bu'ame. Kunis dabaree isaa ho'a hanga ji'a caamsaatti ture fidee dhufe. Iji aduunyaa warreen alaa isaan irra ta'uu isaa waan hubaataniif, akkasumas, ijaarsi Annisa qilleensichaa yeroo karoorsameef keessatti xumuramuu yoo baate, yoo isaan jalaa fashaala'ee, inaaftootni warreen dhala namaa gammachuudhaan akka utaalaan baruudhaan, bineeldoliin ijaarsa Annisa qilleensichaa hanga danda'an raawwatani.
Warreen dhala namaa jibba bakka qonnaa bineeldotaaf qabani irraa kan ka'e, Qerreensoon jiguu Annisa qilleensichaaf itti gaafatamaa miti jedhaanii amanu. "Dhaabbileen Annisa qilleensichaa furdina ga'aa ta'e waan hin qabaanneef ture kan jigani." jedhu. Bineenldooliin garuu kuni soba ta'u isaa ni beekuu. Kanaafis, furdinni dhaabbii Annisa qilleensaa inni ammaa kuun garuu akka dhaabbii isa jigee taakkuu lama utuu hin ta'iin taakkuu afur akka ta'u murtaa'ee jiraa. Kana jechuun dhagaa bayyee kuusuutu isaan irra ture. Bakki itti dhagaa baasani yeroo dheeraadhaaf dhoqqeedhaan uwwisamee waan tureef homaa hojeechuun hin danda'amne.
Yeroo qilleensaa qorraa fi jiidhaa ta'e sanatti ijaarsa hamma tokko ta'e haa geggeessani malee, amala hojichaa baay'ee jibbisiisaa ta'e waliin waliitti ida'amee, bineeldooliin ijaarsa Annisa qilleensichaa irraatti abdiin ifa ta'e isanitti hin argamu ture. Sababni isaas, yeroo hundaa akka isaanitti qorretti ture. Magaalii fi Diimee

qofaatu abdii kutannaan isaanirraa hin mul'atu. Qaqawween waayee kabaja hojii fi kunis gammachuu inni isaaf kennu haasaa filatamaa isaaniif godha. Bineeldootni garuu haasaa isaa irra caalaatti jabina Magaalii fi qajeelfama dhuunfaa isaa "Irra caalaattan jabaadhee hojjedha!" jedhu ture kan isaan kakaasu.

Ji'a gurraandhalaa keessa hir'inni nyaataa ni gale. Dhiyeessiin Boqqolloo baay'ee hir'ate. Kana bakka buusuufis nyaatni dinnichaa ni raabsama jedhame. Haa ta'u malee, Dinnichi inni dhaabame baay'een isaa bifa barbaachisaa ta'een biyyoon itti uwwisamee waan hin turreef, ho'a hamaa tureen tajaajilaan ala ta'uun isaa ni ibsame. Dinnichi baay'een isaa kan dhodhommoqee fi bifa isaa kan geeddarate waan tureef nyaataaf kan oolu xiqqoo isaa ta'e. Guyyoota walitti aananiif bineeldooliin marga gogaatiin ala wanta nyaatani hin qabani ture. Egaa kunoo beela waliin fuulleetti ija walitti baasani.

Gogumsi galuu isaa fi beelli uumamuu isaa beekkamtii addunyaa alaa jalaa dhoksuun hundaa olitti barbaachisaa ture. Jijjiguu Annisa qilleensichaatiin qabatanii warreen dhala namaa bakka qonnaa bineeldootaa irratti duula oduu sobaa haaraa jalqabanii jiru. "Bineeldooliin gogumsaa fi dhukkubaan dhumaa jiru." jechuudhaan odeessisu. "Walii isaanii wal lolu. Inni tokko foon isa tokkoo nyaata. Duuti bineeldoota xixinneeyyiis baay'atee jira." jedhu.

Bakka qonnaa bineeldootaa keessa beelli galuu isaa addunyaan alaa yoo bare, firii gadhee fidee akka dhufu Shawwisaan sirriitti hubatee jira. Kanaafis oduu fuggisoo kanaa ta'e tamsaasuudhaaf Obbo Bojaa akka meeshaatti itti fayyadamuudhaaf murteesse.

Bineeldooliin hanga ammaatti Obbo Bojaa waliin walquunnamtii qaamaa kamiyyuu hin qabani ture. Amma garuu bineeldootni filamani xiqqoon, bay'inaan Hoolootni, naannaa obbo Bojaatti argamuudhaan akka haasaa tasaa godhani, akkasumas, dabalatni nyaataa akka isaaniif godhame akka odeessani ajajamani. Kanaan alatti, Jooniyyaa qolli baaqelaa qofa keessatti hafe hundi cirrachi akka itti guutamuu fi qolli baaqelichaa irra isaaniitti akka firfirsamu Shawwisaan ajaja dabarse.

Sababoota adda addaadhaan Obbo Bojaan bakka Jooniyyaan jiru biraan akka darbu godhamee, Jooniyyoota hanga afaan isaaniitti midhaaniin guutaman kanneen akka argu taasifame. Obbo Bojaanis wanta ijaan arge sana amanee fudhate. Addunyaa alaafis "Bakka qonnaa bineeldootaa keessa beelli hin galle. Hir'inni nyaataas hin jiru." jedhee lallabuu jalqabe.

Dhuma ji'a Gurraandhalaa irratti nyaata dheedhii dabalataa argachuun akka isaan irra jiru dirqama ta'e. Ji'a kana keessa Shawwisaan baay'ee darbee darbee ture kan argamu. Yeroo isaa kan dabarsu Godoo isa guddaa keesatti yoo ta'u, balballi tokkoon tokkoon Godoo sanaas Saroota balaa buusaniin dheegama. Yoo Godoo kana keessaa ba'ellee, Sarootni ja'a naannaa isaa marsani dammaqinaan isa eegaa fi eenyuyyuu akka itti hin siiqne sodaachisuudhaan ture. Torbeewwan baay'eef Dilbata ganama argamee kan hin beekne yeroo ta'u, ajajawwan isaa kan dabarsu warreen booyyee keessaa karaa isa tokko si'a ta'u, yeroo baay'ee garuu karaa dubbi himaa isaa Qaqawweetiin ture.

Guyyaa dilbataa tokko ganama Qaqawween "lukkuuleen hundi har'aa jalqabee hanqaaquuwwan hanqaaqani hunda galii gochuutu isaan irra jira." Ajajni jedhu ba'uu isaa hime. "Shawwisaan akkaataa waliigaltee obbo Bojaa waliin mallatteesseen, torbeetti buphaaleen dhibba afur gabaaf ni dhiyaatu. Galii gurgurtaa kana irraa argamuun, hanga haalli amma jiru fooyya'utti, midhaan dheedhii fi nyaatni biroon hanga ji'oottan bonaa dhufaniitti ga'aan buufata qonnichaaf ni bitamu." isaaniin jedhe Qaqawween. Warreen Lukkuu kana yeroo dhagahani iyya isaanii ol kaasanii dhageessisani. Duraan dursee wareegama akkasii kaffaluu akka danda'ani kan isaanitti himame ta'us, amantaa hojii irra oola jedhu hin qabani ture. Kana irraan kan ka'ecuuciwwan ji'a dhufu yaasaniif hammattuu isaanii qopheessaa turani. "Yeroo akkanaatti buphaawwan keenya fudhachuun ajjeechaa akka raawwachuu ta'a." jedhanii mormani. Ari'amuu Dajjaash Bulchaatiin booda yeroo jalqabaatiif fincilli waan ka'e fakkaate.

Lukkuleen kunneenis Lukkulee gugurraalee sadiin dursamaa, karoora Shawwisaa fashaleessuuf kutatanii ka'ani. Mala qabsoo isaanii keessaa inni tokko sammuu manaa irra balali'anii ba'uudhaan buphaalee isaanii gad dhiisuudhaan lafa irratti kufanii akka caccabani gochuu ture. Shawwisaan murtoo si'ataa fi kutataa ta'e fudhate. Nyaatni Lukkuuwwan kanneenii dafee akka dhaabbatu ajaja dabarse. "Bineeldi kamiyyuu midhaan ija tokkollee isaaniif kennee argame du'aan adabama." jedhee labsii baase. Hojii irra oolchuu labsichaafis Sarootni ni ramadamani.

Lukkuleen kunneen guyyoota shaniif kutannoodhaan qabsaa'anis dhuma irratti garuu mo'amanii saanduqoota isaanii hanqaaquu itti hanqaaqani keessa galuuf dirqisiifamani. Falmii kanaan lukkuleen sagal du'anii jiru. Reeffi isaaniis bakka qonnaa fuduraa irratti awwaalame. Duuti isaanii sababa dhukkuba lukkuutiin dha kan jedhuun ibsame. Obbo Bojaan maaltu akka raawwatame homaa quba hin qabu ture. Torbeetti gaarii fe'umsaa fidee dhufuudhaan buphaalee fuudha. Kuni hundi yeroo raawwatamu sagaleen Qerreensoo hin dhaga'amne. Bakka qonnaa ollaa jiran keessa yookiin Yamboo keessa, kanaan alammoo Migira Hadurree keessa dhokotee jira oduun jedhu jira. Shawwisaan yeroo kanatti qoteebultoota warreen kaan waliin hamma tokko ta'us hariiroo gaarii ta'e irratti argama ture. Waggaa kudhan dura bosonni giddu galeessi buufata qonnichaatti argamu suni yeroo cirame sana Saanqaan kuusame buufata qonnichaa keessa jira. Obbo Bojaan kana argee, Shawwisaan saanqoota kana akka gurguru isa gorse.

Obbo Jiilchaa fi Obbo Namoon fedhii saanqicha bituu qabu turani. Shawwisaan jara lammaan keessaa isa kamiin akka filatu garuu murteessuu hin dandeenye. Namoo waliin waliigaltee gochuuf yeroo dhiyaatu Qerreensoon dhokatee kan jiru Migira Hadurree keessadha jedhamee haasa'ama. Jiilchaa waliin yeroo waliigaltee irra ga'uuf marii adeemsisummoo, Qerreensoon Yamboo keessa dhokochuun isaa himama.

Jalqaba ji'a gannaa utuu hin yaadamiin haalli naasisaa ta'e dhaga'ame. "Qerreensoon dhoksaadhaan galgala yeroo hundaa bakka qonnaa bineeldootaa ni daawwata." jedhame. Bineeldooliin shororkaa'uu isaanii irraan kan ka'e bakka bulmaata isaanii keessa buluu hin dandeenye. Akka odeessamaa jirutti yoo ta'e, Qerreensoon dukkana dahoo godhatee dhufuudhaan badiiwwan adda addaa raawwata. Boqqolloo hata, Qabee Aannanii gombisa, Buphaawwan caccabsa, Biqiltuu midhaanii irra utaalee dhidhiita, biqiltuu fuduraawwanii quncisee nyaata.

Egaa buufata qonnaa bineeldootaatti rakkoo uumamu hundaaf Qerreensoon itti gaafatamaa ta'uun isaa himamuu jalqabe. Foddaan yoo cabe yokiin Ujummoon bishaanii yoo duude, hojii badii Qerreensoo ta'uu isaa yakkee kan dubbatu yoomuu ni jira. Furtuun balbala man-kuusaa bade yoo jedhamu, hundi isaaniiyyuu Qerreensoon fudhatee boollatti naquu isaaf shakkii hin qabani turani. Hagamillee furtuun bade jedhame nyaata tuulame jalaa argamus, bineeldooliin garuu amantii isaanii isa duraa irraa hin sochoone.

Sa'ootni akka yaadatanitti Qerreensoon dallaa isaanii keessa halkaniin galee abjuu isaaniitti isaan elmaa bula. Hantuutootni ganna sana warra rakkoo uumani ta'anii argaman, Qerreensoo waliin shariikummaa qabu jedhame.

Shawwisaan dhimma Qerreensoo irratti qorannoon guutuu akka geggeessamu murteesse. Saroota isa dheeganiin marsamee bineeldooliin fageenya murtaa'e irratti isa hordofaa godoowwan bakka qonnichaa irra naanna'ee daawwate. "Faana kottee Qerreensoo fuunfadheen beeka." waan jedheef, meetiroota murtaa'ani irratti dhaabbachaa lafa isaa fuunfata. Dachaa karaa irratti, naannaa dhaabbiwwan manaa, bakka dallaa sa'ootaa irratti, bakka bulmaata lukkuulee, bakka qonnaa fuduraa hundatti fooliin faana kottee Qerreensoo ni argame. Shawwisaan funyaan isaa lafatti gadi siiqsee qilleensa gadi fageenyaan erga harkisee booda sagalee sodaachisuun "Qerreensoon as ture. Foolii isaa isa addaa sanan fuunfadhe." Isaaniin jedha. Maqaan Qerreensoo yeroo ka'u Sarootni dheegdoonni hundi ilkaan isaanii gadi yaasanii iyya dhiigni isa dheebote dhageessisu.

Yeroo kuni ta'utti bineeldooliin sodaadhaan hollatu. Qerreensoon naannaa isaanii kan isaan marsee fi afuura hamaa ijaan hin argamne kan balaa cimaaf isaan saaxile fakkaatee isaanitti mul'ate. Guyyaa sana galgala Qaqawween walga'iidhaaf isaan waame. Bifa jeeqameen dhimma yaaddeessaa ta'e irratti gabaasa akka isaaniif dhiyeessus isaanitti hime.

"Jaalleewwan koo!" jedhee iyye Qaqawween miira tasgabbaa'een. "Haalli badaa gaddisiisaa ta'e uumamee jira. Qerreensoon abbaa

qabeenyaa Yamboo obbo Namootiif qacaramaa ta'ee jira. Yerottii kanatti buufata qonnaa keenya miidhaa irraan ga'uuf akkasumas nurraa fudhachuuf shira irra jiru. Luullessichi yeroo eegalu Qerreensoon eertuu fuulduree ta'ee hiriira. Ta'us wanti kana irra gadhee ta'e jira. Fincilli Qerreensoo dadhabsoo fi fedhii taayitaa isaa irraa kan burqe nutti fakkaatee ture. Edaa dogoggorree jirra jaalleewwan koo. Sababni isaa inni dhugaa maal akka ta'e nii beektuu? Qerreensoon Dajjaash Bulchaa waliin jalqabuma irraa kaaseeyyuu walquunnamtii qaba ture. Qerreensoon basaastuu Dajjaash Bulchaa ture. Kanas dookumantoota dhiyootti arganne inni gatee baqate irraa mirkaneessinee jirra. Anaaf kuni dhugaawwan jiran baay'ee naa mirkaneessee jira. Hin milkoofne malee lola dallaa sa'aa irratti utuu isaaf danda'ameera ta'ee akka mo'amnuu fi akka lafa irraa badnuuf yaalii godhee akka ture waan argine mitii?" bineeldootni isaanitti naanna'e. Ragaan Qaqawween dhiyeesse kuni badii Annisa qilleensichaa diguu irra caalu dha. Haa ta'u malee qabiyyeen himannaa kanaa kan isaaniif gale booda irra ture. Hundi isaanii nii yaadatani. Yokiin waan yaadatani isaanitti fakkaate. Lola dallaa sa'aa irratti Qerreensoon akkamitti adda durummaadhaan akka lole, Akkam godhee akka isaan kakaasaa fi isaan jajjabeessaa akka ture, rasaasni Dajjaash Bulchaa Gatiittii isaa bocee garuu takkaallee utuu hin dhaabatiin gara fuulduraatti darbatamee akka ture isaaniif yaadatame. Ta'us yaadachuun isaanii kuni basaastuu Dajjaash Bulchaa ture isa jedhu waliin akkamiin akka wal fudhatu isaanii galuu hin dandeenye. Magaal inni gaaffii baay'isullee utuu hin hafiin dhimmicha irratti bitaa isatti gale. Ni ciise. Lukoota isaa warreen fuulduraa dachaasee laphee isaa jala galche. Ija isaa junuunfatee yaada isaa bakka tokkotti sassaabuuf yaalii godhe. "Waan jedhame kana amanuu hin danda'u." jedhe. "Qerreensoon lola dallaa sa'aa irratti gootummaadhaan lolee jira. Qaroo ijakootiin argeen jira. Lolichi akka raawwatetti meedaaliyaa 'Goota bineeldootaa sadarkaa tokkoffa' isa badhaasnee hin turree?"
"Dogoggorri keenya achi irratti ture jaallewwan koo. Amma akka baruu dandeenyetti (Dookimantoota dhoksaa ta'ani Qaqawween argate irratti wanti hundi barreessamee jirakaa!) gocha isaad

haan garuu gara bakka awwaalcha keenyaatti nu geessaa ture."
"Madaa'ee ture" jedhe Magaal. "Dhiiga isaa dhangalaasaa yeroo inni lolu hundi keenyayyuu argineerra."

"Suni qaama waliigaltee isaanii isa dhoksaa keessaa isa tokko ture." Jedhee iyye Qaqawween. "Rasaasni Dajjaash Bulchaa isa bocee qofa ture kan darbe. Utuu dubbisuu ni dandeessa ta'ee waliigaltee isaanii barreessamaan jiru kana sittin agarsiisa ture. Akkaataa shira isaaniitti, Qerreensoon yeroo murteessaa lolichaa ta'e irratti waraanaaf mallattoo nuuf kennee, Dajjaash Bulchaan ga'uu isaa dura baduuf ture. Sababa gaggeessaa keenyaa isa goota ta'e jaallee Shawwisaatiin malee kaayyoon isaa galma isaaf ga'ee ture jaalleewwan koo. Dajjaash Bulchaaf namootni isaa bat-taluma gara mooraa keenyaatti seenanittii fi akka lolli eegaleen Qerreensoon of irra naanna'ee yeroo kottee na baasi jedhee fiigu, bineeldootni hundi akkamiin akka isa duukaa bu'ani hin yaadat-tanii? Nutis naasuudhaan jeeqamnee wanti hundi waan dhumee fi mo'amuun keenyas waan mirkanaa'e yeroo nutti fakkaatee ture sana, yeroo qorumsaa fi yeroo dhiphisiisaa sana irratti hin turree jaalleen Shawwisaa 'Duuti dhala namaaf!' jedhee gara fuuldur-aatti darbatamuudhaan sarbaa Dajjaash Bulchaa ilkaan isaatiin kan tatarsaase? Yeroo sana kan hin yaadanne nii jiraataa laata?" Jedhee raajeeffannoodhaan isaan gaafate, bitaa mirga boonaa tar-kaanfachaa.

Sababa ibsa fakkii Qaqawween isaaniif godhe irraa ka'een bineel-dooliin waan ta'ee ture hunda ni yaadatani. Eeyyeen! Yeroo dhiphisiisaa lolichaa sana Qerreensoon lubbuu na baasi jedhee fiiguun isaa isaaniif yaadatame. Magaal garuu seenaan lubbu na baasi jedhee fiiguu Qerreensoo isaaf liqimsamuu hin dandeenye.

"Qerreensoon jalqabuma irraa kaasee gantuu ture jedhee ani hin amanu. Hojii inni sana booda hojjete dhimma biraa dha. Haa ta'u malee yeroo lola dallaa sa'aa irratti garuu jaallee gaarii ture." Jedhe Magaal dhuma irratti.

"Hoogganaan keenya jaallee Shawwisaan" jedhee eegale Qaqawween, tasgabbiidhaan jechoota isaa irra ejjetee. "Haala hin shakkisiisneen, eeyyeen tasa karaa hin shakkisiisneen akka agarsiisetti, Qerreensoon jalqabuma irraa kaasee basaastuu

Dajjaash Bulchaa ture. Eeyyeen! fincilli yaadamuu isaa dura bara baay'ee dursee basaastuu ture."

"Ahaa! Kunillee dhimma biraa dha" jedhe Magaal. "Jaallee Shawwisaan erga dubbatee kun dhuga ta'uutu isa irra jira."

"Akkana dha haqa qabeessummaan jaallee koo!" jedhee iyye Qaqawween. Kana yeroo dubbatu ijoota isaa warreen bibirratan sanaan ilaalcha fayya buleessa hin taneen Magaaliin akka isa ilaalee hubatamee ture. Qaqawween fuula isaa naanneessee meetira xiqqoo deemee deebi'e. Itti aansees "Bineeldi bakka qonnaa kana keessa jiru hundi dammaqinaan akka eegumsa godhun isa akeekkachiisa. Sababoota basaastootni Qerreensoo dhokotanii gidduu keenya galaniijiru jennee itti amannu ga'aa ta'an ni qabna." Jechuudhaan haasaa ajaa'ibsiisaa ta'e godhe.

Guyyaa afur booda akkuma aduun galtetti Shawwisaan bineeldootni hundi bakka kuusaa midhaanii irratti akka walga'ani ajaja kenne. Bineeldooliin akka wal ga'anittis Shawwisaan laphee isaa irratti Meedaaliyoota lama rarraafatee (Yeroo dhiyootti meedaaliyoota 'Goota bineeldootaa sadarka tokkoffaa' fi 'Goota bineeldootaa sadarkaa lammaffaa' of badhaasee waan tureef.) Saroota sodaachisoo fi gabbatoo ta'ani sagaliin naannaa isaa marsamee, dheegdootni isaas waan akka dhiigni isaan dheebotee dutaa, Godoo isa guddicha keessaa as ba'e.

Bineeldootni walga'icha irratti argamanis dugda isaanii irraan dafqi adiin xuruuruu eegale. Hundi isaaniis calleensa sodaadhaan liqimsamani. Gidiraan guddaan akka uumamu waan isaanitti argame fakkaata.

Shawwisaan dhaabbii kutataa dhaabbatee walga'amtoota xiyyoodhaa hanga xiyyootti isaan ilaale. Itti aansee sagalee guddaa suukanneessaa dhageessise. Battaluma sanatti saroolittiin darbatamanii booyyoota afur gurra isaanii ciniinanii sodaadhaa fi dhukkubaan isaan iyyisiisaa harkisanii miila Shawwisaa jalatti isaan gatani. Gurra booyyootaa irraa dhiigni gadi xuruura. Sarootni dhiiga arrabaan tuqatanis akka maraatuu isaan godhee jira. Sarootni kan biro sadimmoo Magaal irratti utaaluun isaanii akka raajiitti ilaalame.

Magaal dhufaatii isaanii akkuma argetti kottee isaa isa guddicha ol kaasee saree isa gabbataa tokko qilleensa irratti isa simate. Maramee miila isaa jalatti kufe. Aagii akka isaaf godhuuf iyyus, achumatti gadi dhiitee qabeen. Sarootni kana argani lammeenis eegee isaanii marsatanii gara dhufanitti deebi'ani. Magaal Saree isa kottee isaatiin gadi dhiitee qabe sana isa xumuruu yookiin bilisa isa baasuu akka danda'u baruudhaaf Shawwisaa ilaalee. Bifti Shawwisaa nii jijjiirame. Saricha akka gad dhiisuuf ajaja dheek-kamsoo of keessaa qabu isaaf kenne. Sarichi inni gad dhiisame okkolaa deebi'e. Tasgabbii-dhabiinsi inni kaka'ee tures asumaan qabbanaa'e. Booyyootni afuran sodaadhaan roqomaa waan itti aansee dhufu dheeggachuu jalqabani. Fuula isaanii irraa yakka raawwachuun isaanii irraa dubbisama. Shawwisaan yakka isaanii akka amananii dubbatan isaan gaafate. Booyyootni dargaggoo afran kunneen yeroo Shawwisaan walga'ii dilbataa dhorke sana mormii warra kaasee ture dha. Booyyootni sodaadhaan liqimsamanis amananii dubbachuu jalqabani.

Qerreensoo isa ari'atame waliin dhoksaadhaan walquunnamtii akka qabani, Annisa qilleensichaa diiguudhaan Qerreensoo waliin akka hiriirani, bakka qonnaa bineeldootaa Namoof kennuuf Qerreensoo waliin mallattoo walii mallatteessuu isaanii fi Qerreensoon waggoottan hedduu duraa kaasee basaastuu Dajjaash Bulchaa ta'uu isaa akka isaaniif ibse amananii dubbatani. Dhugaa ba'umsa isaanii akka fixanitti Saroolittiin morma morma isaanii irraa ciccirani. Itti aansee Shawwisaan sagalee baay'ee sodaachisaa ta'een gidduu isaaniidhaa bineeldi biraan yakka isaa amanu jiraachuuf jiraachuu dhiisuu isaa isaan gaafate. Lukkuuleen gugurraaleen dhaalamuu buphaalee isaanii mormuudhaan fincila lukkuulee dursaa gaggeessani sadeen yakka isaanii akka amananiif dhiyaatani. Sababni isaan itti ajaja Shawwisaa irratti fincilaniif Qerreensoon abjuutti isaan itti argamee kaka'umsa isaaniif godhe irraa ka'anii akka ta'e dubbatani. Dubbii isaanii akka xumuranittis mormi mormi isaanii isaan irraa cite.

Itti aansee Daakkiyyeen ni dhiyaatte. Yeroo midhaan itti sassaabamu darbe keessa muka boqqolloo shan fudhattee galgala galgala nyaattee fixuu ishee amante. Hoolaan itti fufte. Dhiibbaa

Qerreensootiin boolla bishaanii keessatti fincaa'uu ishee dubbatte. Hoolootni lamammoo, Hoolaa hin kolaasamne dulloome, duuka buutuu amanamaa Shawwisaa ta'e, dhukkuba utaallootiin gidiramaa ture, naannoo ibidda damaraa irra naanneessaa isa ari'anii du'aaf akka isa geessisani amanani. Carraan warreen amanani hundaa du'a ta'e.

Qilleensichi foolii dhiigaatiin hanga faalamutti, miila Shawwisaa jalattis reeffi hanga tuulamutti, amanuuf ajjeechaan utuu addaan hin citiin itti fufe. Wanti akkanaa Dajjaash Bulchaan erga ari'ameen as argamee hin beeku ture.

Adeemsi ajjeechaa fi amanuu tureyeroo xumuramu bineeldootni hundi tokkummaadhaan (Warreen Booyyee fi Sarootaan ala) boquu isaanii gadi cabsanii ka'anii deemani. Yaadni isaanii shororkaan, qaamni isaanii sodaadhaan hollata. Bineeldooliin warreen badii isaanii amanani sun Qerreensoo waliin dhoksaadhaan waliigaluu isaanii ibsuu isaanii haa ta'uu, ajjeechaa suukkanneessaa ija isaaniitiin argani sanahaa ta'u, lamman kana keessaa isa kamtu yaada isaanii akka isaan shororkeesse garuu baruu hin dandeenye. Bara duriis ta'e dhiiga dhangalaasuun suukkanneessaa ta'ee jira ture. Haa ta'uutii garuu inni ammaa kuni walii isaanii ta'uun isaa haalicha baay'ee gadhee akka godhe isaanitti dhaga'ama.

Dajjaash Bulchaan buufata qonnichaatii erga ari'ameen asi, hanga guyyattii kanaatti, bineeldi kamiyyuu bineelda kan biraa hin ajjeesne. Hantuutnillee ajjeesamee hin beeku. Bineeldootni hundi walqabatanii gara tabba bakka Annisa qilleensichaa inni walakkaadhaan xumurame argamutti ol ba'ani. Waan akka qorri isaan roqomsiisnaan ho'ina barbaadanii, hundi isaanii tokkummaadhaan wal haammatanii ciisani. Diimee, Shaashoo, Jaarsoo, Sa'ootni, Hoolootni, Daakkiyyootnii fi lukkuleen hundi. Hadurreen garuu isaan gidduu hin turre. Shawwisaan ajaja walga'ichaa dabarsuu isaa dura ture tasa kaatee kan badde. Calleensa sagaleen tokkollee itti hin dhaga'amnetu ta'e. Eenyullee homaa hin dubbatne. Magaal qofaa ture kan gadi hin ciisne. Eegee isaa gurraacha dheeraa bitaa fi mirga raasaa, darbee darbees gumgummii dinqisiifannaa dhageessisaa, olii fi gadi adeema.

"Gonkumayyuu naa galuu hin dandeenye. Wanti akkanaa bakka qonnaa keenya keessatti ni raawwatama yaada jedhu hin qabun ture. Dogoggora keenya, dogoggora nu keessa jiruun ta'uutu itti jira. Anaan akka natti argamutti yoo ta'e, furmaatni isaa irra caalaatti jabaatanii hojjechuu dha. Kana booda, har'aa kaasee ganama ganama sa'aatii tokko durseen ka'a." jedhe Magaal dhuma irratti.

Kana dubbatee gara bakka dhagaan itti ba'uu deeme. Dhagaa fe'umsa lama deddeebisee yeroo fixu rafe. Bineeldooliin naannaa Diimeetti wal ga'ani. Gidduu isaanii garuu haasaan hin turre. Tabbi isaan irra gadi ciciisanii jirani waan fuuldura isaanii jiru hanga qarqara magaalaatti sirriitti ifa godhee isaanitti agarsiisa. Naannoon bakka qonnaa bineeldootaas baay'een isaa isaanitti argama. Lafti qonnaan inni dheeraan hanga karaa isa guddichaatti deemu, midhaan inni faca'e, bosonni inni giddu galeessi, boolli bishaan dhugaatii, lafti qonnaa garbuu, Sammuu godoowwanii fi Aarri manneen irraan aaru, kuni hundi isaanitti argama.

Caffee fi Biqiltuuleenbakka qonnichaa ifa aduu dursee isaan irra bu'e irraan ka'e calaqqisanii argamu. Bakki qonnaa isaan argaa jirani kuni gammachuu kanaan dura isaanitti dhagahaamee hin beekne adda ta'e isaan keessetti uume. Miira kana keessa utuma jiranii bakki qonnichaa kan isaanii ta'uu isaa, taakkuun tokkoon tokkoon isaas qabeenya isaanii akka ta'es, akka tasaa dinqisiifachuudhaan yaadatani. Diimeen tabbicha irra taatee asii gadi yeroo ilaaltu iji ishii imimmaaniin guutame. Miira ishee keesatti uumame dubbachuu utuu dandeesseetii akka armaan gadiitti ture kan ibsitu.

Waggoottan muraasa dura bineeldooliin warri dhala namaa barbadeessuuf ka'anii, warri dhugoomuu mul'ata isaaniif qabsaa'ani, wanti har'a ta'e ni ta'a jedhanii yaadanii miti. Galgala sana Maanguddoo Daalachoon fincilichaaf yeroo isaan kakaasu sanawantiisaanabdii godhatanii fi kan isaan abjootani ajjeechaa fi shororka har'a raawwatame kana argina jedhanii hin turre. Mul'ati isaanii beelaa fi reebamuu irraa bilisa kan itti ta'ani, mirgi walqixxummaa isaanii kan itti mirkanaa'e, tokkoon tokkoon bineeeldaa hanga dandeettii isaa kan itti hojjetu, jabaan isa dadhabaa kan itti deeggaru (Yeroo Maanguddoo Daalachoon galgalaan haasaa isaa godhe sana, Cuucoolii Daakkiyyee harmeen isaanii jalaa badanii rakkataa turani akka kununsite sana.) sirni bineeldootaa akka uumamu ture mul'atni isaanii. Faallaa isaadhaan, maalif akka ta'e isaaniif galuu baatus, eenyuyyuu kan laphee isaa dubbachuuf yeroo itti sodaatu irra ga'amee jira. Sarootni balaasamoo mirga dhiibani biyya guutuu to'atanii, jaalleewwan yakka rifachiisaa raawwachuu isaanii amanani gara jabeessummaadhaan yeroo gargar isaan kukkutani ilaalaa bara itti boquu isaani jigsani keessa galanii jiru. Sammuushee kees- satti yaada fincilaa yokiin diddaa hin qabdu. Wantootni akkaataa haala amma jiruun raawwatamanis garuu, amma bara Dajjaash Bulchaa irra bara hedduminaan fooyya'e keessa akka jirani garuu ni beekti. Hunda irra caalaa garuu dhalli namaa deebisee akka isaan hin bitne gochuun baay'ee barbaachisaa ture. Wanti dhufu yoo dhufe, karaa ishee amanamummaan ishee hin hir'atu. Jabaattee ni hojjetti. Ajaja isheef kennamus nii raawwatti. Ajaja Shawwisaa ni fudhatti. Kuni hundi haa ta'u malee ishee fi bineel- dooliin kan biroo, abdii kan godhatanii fi kan dadhabani kanaaf jedhanii hin turre. Annisa qilleensichaa kan ijaaranii fi Qawwee Dajjaash Bulchaa fuulleetti kan itti ba'ani kanaaf jedhanii hin turre.

Miira keessa ishee jiru jechootaan tarreessitee ibsuun ishee haa dhibuyyuu malee, yaadootni Diimee akkana turani.

Dhuma irrattis jechoota yaada lapheeshee ibsuuf ishee dan- deessisani baastee dubbachuu dadhabde kan bakka isheef bu'u faarfannaa 'Bineeldoota Oromiyaa' faarfachuu jalqabde. Bineel- dooliin ishee marsanii taa'anis ishee waliin faarfatani. Yeedaloo ajaa'iba ta'e, kan kanaan dura baasanii hin beekneen, garuu gad- daan liqimsamanii, suuta jedhanii si'a sadi irra deddeebi'anii faar- fatani.

Si'a sadaffaaf faarfatanii akka raawwatanitti Qaqawween saroota lamaan marsamee, bifa ergaa isaaniif dabarsu fidee dhufe fak- kaatuun isaanitti dhiyaatee, "Ajaja addaa jaallee Shawwisaad- haan faarfannaan 'Bineeldoota Oromiyaa' kana booda dhorkamee jira. Har'aa booda faarfannaa 'Bineeldoota Oromiyaa' faarfachuun dhorkaa dha." Jechuudhaan labsicha isaaniif dabarse.

Bineeldooliin naasuudhaan goganii hafani. "Maalif?" jettee iyyite Shaashoon.

"Kana booda barbaachisummaan isaa raawwatee jira jaallee!" jedheen Qaqawween, laphee dhiibee. "Faarfannaan 'Bineeldoota Oromiyaa' ittiin kaka'umsa fincilichaa ture. Amma fincilichi galma isaa rukutee jira. Har'a waaree booda tarkaanfiin irra hin deebi'amne gantoota irratti fudhatame boqonnaa isa dhumaa ture. Diinootni keenya alaa fi keessa jirani hundi barbadaa'anii jiru. Faarfannaa 'Bineeldoota Oromiyaa' faarfachaa kan turre sirna fooyya'aa isa dhufu hawwuudhaan ture. Kunoo amma sirni nuti hawwinu sun hundaa'ee jira. Kanaafis faarfannaan kuni sirna kana keessatti iddoo hin qabu."

Dhugaan jiru Bineeldooliin sodaadhaan hidhamuu isaanii ta'us garuu, warreen tokko tokko mormii dhageessisuun isaanii hin hafu ture. Haa ta'u malee battaluma labsii Qaqawweetti aansee, Hoolootni "warreen miila afurii gaarii, warreen miila lamaa gadhee!" jechuudhaan akkuma barame iyya isaanii jalqabani. Kunis daqiiqaawwan dheeraaf waan itti fufeef marii waayee dhorkamuu faarfannaa 'Bineeldoota Oromiyaa' irratti taasifamuu danda'u tureef xumura kenne.

Faarfannaan 'Bineeldoota Oromiyaa' sanaan booda faarfatamee hin beeku. Iddoo isaas Jorraa, Booyyee inni walaloo barreessu sun, walaloo fi yeedaloo kan biraa qopheesse.

Bakka qonnaa Bineeldootaa

Bakka qonnaa Bineeldootaa

Eenyutu si dagata?

Faarfannaan kuni yeroo hundaa Dilbata ganama alaabaan yeroo fannisamu faarfatama. Bineeldootaaf garuu jechootni faarfannichaas ta'e yeedaloon isaa hanga faarfannaa 'Bineeldoota Oromiyaa' hiika isaaniif kennuu hin dandeenye.

BOQONNAA SADDEET

Qaqawwee isa Hayyuu Diinagdee

Ajjeechaa raawwatame irraa kan ka'e shororki uumame akkuma tasgabbaa'ettii fi guyyootni muraasni akkuma darbanitti, bineeldooliin ajaja isa ja'affaa yaadatani. Yokiin waan yaadatani isaanitti fakkaate. "Bineeldi kamiyyuu Bineelda kan biraa ajjeesuun irra hin jiru." Hagamillee warreen booyyee fi Saroota fuulduratti waayee ajaja kanaa kaasuu baatanis, ajjeechaan raawwatame ajaja kana waliin kan wal hin simanne ta'uun isaa garuu isaanitti dhagahamee jira.

Diimeen, Jaarsoodhaan ajaja isa ja'affaa akka isheef dubbisu isa gaafatte. Inni garuu dhimma akka kanaa keessa akka hin galle isheef ibse. Shaashoon ajajicha dubbisteef. "Bineeldi kamiyyuu Bineelda kan biraa ajjeesuun irra hin jiru, sababa malee." jedha. Kallattiidhaan ta'e karaa biraa, bineeldootni kunneen jechoota warra dhumaa lamman yaadachuu hin dandeenye. Ta'us garuu, ajajichi amma akka irra hin darbamne barreessamicha irraa ilaalani. Akkaataa ajajichaatti, warreen gantootni Qerreensoo waliin dhoksaatti waliigalani sun ajjeesamuu isaaniif sababni ga'aan akka jiru hubatani.

Waggaa sana bineeldooliin bara darbe caalaa jabaatanii hojjetani. Hojii isaanii isa dhaabbii irratti dabalatee, Annisa qilleensichaa Isayyuu dhaabbii isa duraa irra furdina dachaa lama ta'e qabu irra deebi'anii ijaaruu fi yeroo isaaf karoorfame keessatti xumuruuf hojjetani. Kuni bineeldootaaf dhiibbaa hojii ulfaataa ture. Yeroo tokko tokko bara bittaa Dajjaash Bulchaa caalaa yeroo dheeraa akka hojjetani, dhiyeessiin nyaata isaaniis kan bara sanaa irra homaa kan hin daballe ta'uun isaa, isaanitti dhagahama.

Qaqawween walga'iilee Dilbata yeroo hundaa gaggeessamani irratti gabaasa liistii dheeraa qabu qabatee dhiyaata. Akkaataa gabaasichaatiin oomishni nyaataa buufata qonnichaa guutummaan guutuutti harka dhibba lamaan , harka dhibba sadiin, yokiin harka dhibba shaniin (Akka haala isaa fi akka yeroo isaatti) dabaluu isaa isaaniif dubbisa.

Waayee gabaasa hammamtaa guddinaa fincilli ka'uu isaa dura turee homaa waan isaan beekani waan hin turreef, gabaasa hammamtaa guddina oomishaa Qaqawween gabaasu amanuu dhiisuudhaaf sababa isaan geessisu hin qabani ture. Karaa isaanii garuu hammamtaan guddina oomishaa Qaqawwee hir'atee nyaatni utuu isaaniif baay'atee fedhii isaanii ture.

Bara isa kanatti egaa ajajni hundi kan darbani, yokiin karaa Qaqawwee, kanaan achimmoo warreen booyyee keessaa karaa isa tokkoo ta'ee jira. Shawwisaan torbee lama keessattillee si'a tokko Dirree irratti hin argamu. Gara Dirreetti yoo ba'es Saroota dheegduu isaa warra gabbataniin marsamee qofa hin turre. Kormaan Handaanqoo "kukkulu'u'u'ukuu" jechaa akka afuuftuu xurumbaatti tajaajilu fuuldura isaa deemaa dhufaatii Shawwisaa hima. Haasaa gochuu isaa duras, Kormaamti Handaanqoo kun "kukkulu'u'u'ukuu" jechuudhaan, Shawwisaan haasaa gochuuf qophaa'uu isaa beeksisa.

Shawwisaan Godoo guddicha keessaa kutaalee kan mataa isaa qofa ta'ani qabatee jira jedhama. Nyaata isaa kan nyaatu qofaa isaatti Saroota isaa lamaan bitaa mirga dheegamaa akka ta'ee fi kan inni nyaatus gabatee nyaataa adda ta'e isa "Kiraawun Darbii" jedhamuun akka ta'e ni haasa'ama. Guyyaa ayyaanoota lamman dabalataan gaafa guyyaa dhaloota Shawwisaa qawween kan dhukaasamu ta'uusaa labsiidhaan himamee jira.

Akka baroota duraa, Shawwisaan maqaadhaan qofa waamuun hafee jira. Amma waamicha pirootookoolii seera qabeessaan "Hoogganaa keenya jaallee Shawwisaa" jedhamee waamama.

Silas hunda caalaa warreen booyyee maqaa isaan isaaf hin baasne hin jiru. Abbaa bineeldoota hundaa, dhala namaatti kan sodaa naqu, Ittisaa Hoolootaa, Abbaa firaa daakkiyootaa, kan biraas kan biraas ni jedhuun.

Qaqawween waayee hayyummaa Shawwisaa, waayee laphee isaa isa warra kaaniif gadduu, bineeldoota naannaa Addunyaa irratti argamaniif, keessumaayyuummoo warreen wallaalummaa fi garbummaadhaan bakka qonnaawwan keessa jiraatan hundaaf, jaalala gadi fagoo inni qabu haasaa yeroo godhu, fuulli isaa lolaa imimmaaniidhaan dhiqama ture. Firiiwwan gaarii fi carraawwan argamaniif galata isaa Shawwisaaf gadi roobsuun kan barame ta'ee jira.

"Hooggansa dursaa keenya jaallee Shawwisaatiin guyyaa ja'a keessatti Hanqaaquuwwan shan hanqaaquuf ga'een jira." jechuudhaan lukkuun tokko hiriyaasheef yeroo haasooftu, yookiinimmoo, Sa'ootni lama boolla bishaanii keessaa bishaan dhugaa "Jaallee Shawwisaa umriin isaa nuuf haa dheeratu. Galatni hooggansa isaaf haa ta'uutii, Bishaan kuni maal akkam damma damma jedhee mi'aawaa!" yeroo waliin jedhani dhagahuun kan barame ta'ee jira.

Miirri walii galaa buufata qonnichaa keessa jiru walaloo booyyee inni Jorraa jedhamu barreesse "Jaallee koo Shawwisaa!" jedhuun sirriitti mul'atee jira. Akka armaan gadiitti.

Hiriyaa warra abbaa hin qabnee
Argama gammachuu onnee
Gooftaa Gumbii nyaata booyyootaa
Siin arguukoon miirri onneekoo ka'ee dhaabbata
Ofitti amanamummaakee
ifa ijakee keessaa hunduu daawwata
Akka biiftuu birraa ifee mul'ata
Jaallee Shawwisaa!!
Dhuma hin qabu arjummaakeef
Wanta fedhan yoo kennituuf jaalleewwankeef
Marga qulqulluurraa rafanii,
Guyyaatti si'a lama nyaatanii
Bineeldi jabaaf dadhabaan hundillee
Lash jedhee rafee bula yaaddoo malee
Dheegumsi kee hundumaaf adda hin fille.

Jaallee Shawwisaa!
Daa'iman ture harma hodhee kan hin quufne,
Amma kunoo jabaa ta'e dhiibamullee kan hin kufne.
Hagamillee xiqqaatuyyuu,
Migira fakkaatee qallatuyyuu
Wanti guddaan hunduu beekuu malu
Amanamee onnee dhugaan ha tajaajilu.
Eeyyeen!
Afaan yoo hiikkatu jalqabbiin haasaasaa
Maqaakee waamuudha ol kaasee si faarsa.
Jaallee Shawwisaa!
Shawwisaanis walalicha ni raggaase. Dhaabbii man-kuusa isa gud-
daa irratti bakka ajajni torban barreessaman biratti akka barrees-
samuufis nii eeyyame. Qaqawweenis halluu adiidhaan fakkii bifa
Shawwisaa hanga tokko agarsiisu bareechee kaasee walaloo sana
biratti fannisame.
Karaa ejensii Bojaa Shawwisaan Namoo fi Jiilchaa waliin waliigal-
uuf carraaqqii isaa itti fufee jira. Saanqaan inni tuulamee
jiru ammayyuu hingurguramne. Lamman isaanii gidduudhaa
saanqoota kana argachuudhaaf Namoon irra caalaatti fedhii qaba
ture. Garuu gatii ga'aa hin kennine. Kanaan alatti, Namoo fi
namootni isaa 'Bakka qonnaa bineeldootaa' irra deebi'anii miid-
huudhaan ijaarsa Annisa qilleensichaa isa dhukkuba inaaffaa
isaanitti naqe sana barbadeessuuf yaaduu isaanii oduun darbee
darbee ni dhaga'ama. Qerreensoon bakka qonnaa Yamboo keessa
dhokotee achuma akka jiru nii haasa'ama.
Ji'a bonaa keessa oduun bineeldoota hunda shororkeesse ni
dhaga'ame. Kaka'umsa Qerreensoon isaaniif godheen kaka'anii,
Lukkuuleen sadii Shawwisaa ajjeesuuf karoorsatanii akka ture
saaxila of baasuudhaan amanani. Battaluma sanatti adabbiin
du'aa isaan irratti raawwatame. Shawwisaa lubbu-baastoota
irraa ittisuuf of eeggannoowwann dabalataa ni godhamani. Sa-
rootni afur Shawwisaan yeroo rafu (tokkoon tokkoon isaanii
roga sire isaa afran irraan) isa dheegu. Booyyeen Booqaa jedhamu
nyatni Shawwisaa kan hin summoofne ta'uu isaa mirkaneessuud-
haaf Shawwisaan nyaata nyaachuu isaa dura dhamdhamaa ta'ee

ramadame.

Kana gidduutti Shawwisaan Obbo Jiilchaatiif Saanqoota sana gur-guruudhaaf walii galuu isaa fi akkasumas bakka qonnaa bineel-dootaa fi bakka qonnaa Migira Hadurree gidduutti wal-jijjiirraan oomishaalee murtaa'anii akka raawwatu waliigaltee daldalaa dhaabbii ta'e walii galuuf akka ta'e haasa'amaa ture. Hariiroon Shawwisaa fi Jiilchaa gidduu jiru giddu-galtee Bojaatiin kan raaw-watamu ta'us, walitti dhufeenya gaarii kan of keessaa qabu ture. Bineeldooliin, Jiilchaan nama ta'uu isaa irraan kan ka'e amantii isarraa haa dhabani malee, Namoo irra garu isa filatu. Bineeldoot-nis ta'e Jiilchaan, Namoo badaa isa sodaatu. Ni jibbuunis.

Yeroon Bonaa dhumaa, ijaarsi Annisa qilleensichaas raawwachaa yeroo dhufu, oduun Waraanaa bal'inaan haasa'amuu jalqabe. Akka oduchaatti yoo ta'e, Namoon namoota digdama Qawwee hidhachiisee bakka qonnaa bineeldootaa weeraruuf karoorfatee jira. Abbaa alangaa fi Poolisiif matta'aa kan kenne yeroo ta'u, bakka qonnaa bineeldootaa weeraree, kana booda dhimma ab-bummaadhaan walqabatee gaaffiin akka isatti hin kaaneef haala mijeesse jira jedhama. Kana hunda caalaatti akkaataa oduu Yam-bootii ba'uun yoo ta'e, Namoon bineeldoota warra inni isaan bul-chu irratti gidiraa kana dha hin jedhamne isaan irraan ga'aa jira jedhama.

"Farda dulloome reebee ajjeesee jira, Sa'oota beelaan adaba, Ibidda keessatti darbatee lubbuu Saree baasee jira, Warreen kor-maa Handaanqqoo Qarabaan afaan isaanii irratti hidhamee walii isaanii akka wal lolani gochuudhaan galgala galgala isaanitti bo-haara." jedhama. Bineeldooliin oduu waayee gidiraa jaalleewwan isaanii irra ga'aa jiruu yeroo dhagahani, dhiigni isaanii ni danfe. Yamboo irra miidhaa geessisuudhaan gidiraa jaalleewwan isaanii haaloo ba'uudhaaf, akkasumas bilisa isaan baasuudhaaf eey-yemni akka isaaniif kennamu gaafatani. Qaqawween garuu akka tasgabbaa'anii fi miiraan oofamuu irra caalaa tarsiimoo jaallee Shawwisaatti akka amanan isaan gorse.

Kunis ta'ee garuu, bineeldooliin jibbi isaan Namootiif qabani itti caalaa adeema ture. Guyyaa Dilbataa tokko Shawwisaan bakka man-kuusaatti argamee Saanqaa kuusamee jiru sana Namootti gurguruuf yaadee akka hin beekne isaanitti hime. Kashalabbee akka Namoo waliin walii galtee uumuuf kabajni isaa akka isaaf hin eeyyamne isaaniif ibse. Gugootni ibiddi fincilaa bakka qonnaa Migira Hadurreetti akka walqabatu kakaasuudhaaf ergamaa turani kana booda gara bakka qonnaa Migira Hadurreetti akka hin balaliine dhorkamani. Dhaadannoo isaanii durii isa "Duuti Sanyii namaaf!" jedhu sana, dhaadannoo "Duutni Namootiif!" jedhuun bakka akka buusan ajajamani.

Dhuma yeroo bonaa jala shirri Qerreensoo kan biraan ifa ta'e. Qonnaan Qamadii guutummaan aramaadhaan faalamee jira. Daawwannaa dhoksaa Qerreensoon godhu keessaa isa tokko ir-ratti ija Aramaa ija Boqqolloo waliin wal makuun isaa bira ga'amee jira jedhame. Daakkiyyeen dhiiraa shira kana irratti hirmaatee ture cubbuu isaa kana Qaqawweetti himee ija summii nyaachuudhaan of ajjeese.

Bineeldootni hedduun hanga ammaatti itti amanaa akka turani utuu hin ta'iin, Qerreensoon Meedaaliyaa 'Goota bineeldootaa sadarkaa tokkoffaa' gonkumaayyuu akka hin badhaasamne isaan-itti himame. "Waraana Dallaa Sa'aa booda Qerreensoon ta'e jedhee oduu tamsaase dha malee Meedaaliyaa badhaasamuun isaa seenaa dhugaa miti." Jedhame. "yeroo waraanichaa qondaala loltummaa isaa irraa bu'eeyyuu sababa sodaattuu tureef akeek-kachiisni isaaf kennamee jira." jedhamee odeessame. Bineel-dootni tokko tokko wanta dhaga'ani kana amanuun isaanitti ul-faatus, Qaqawween garuu rakkoo yaadachuu akka qabani isaaniif ibsee, wanti odeessame kuni dhugaa ta'uu isaa isaan amansiise.

Yeroo qotiisaa keessa tattaafannaa dadhabsiisaa fi qorumsa qabutu ta'e. Ijaarsi Annisa qilleensichaa nii xumurame. Maash-iniin isaa garuu ammayyuu dhaabbachuutu isa irra ture. Kana bituuf karaa Bojaa haalli walii galtee adeemsifamaa ture. Ta'us, hojiin inni ol-aanaan xumuramee jira. Gufannaan baay'atus, hir'inni muuxannoo jiraatus, haala ijaarsaa boodatti hafaa ta'us, "Carraa gadhee fi shira Qerreensoo dha." warreen jedhamani tartiibaan isaanitti dhufanis, hojichi garuu yeroo isaaf karoor-sametti ni xumurame. Dadhabsoon qaamaa isaan irra jiraatus, Bineeldooliin firii isaanii kanatti boonni isaanitti dhagahame.

Naannaa hojii isaanii kana naanna'aa ajaa'ibsiifachuu jalqabani.
Annisa qilleensaa isaan yeroo lammaffaadhaaf ijaarani kuni isa
jigeen olitti bareedaa ta'ee isaanitti argame. Dhaabbiin isaa taa-
naan isa duraa irra harka lama furdina qaba ture. Dhuka'aa
Boombiitiin ala ijaarsa kana wanti diiguu danda'u hin jiru.
Akkam godhanii akka dhama'ani, gufannaa abdii kutachiisaa
meeqa akka ba'atani, kanatti aansee Sharaan yeroo xinsamuu
fi Daaynaamoon sun yeroo hojjechuu jalqabu jijjiirama gud-
daa inni jireenya isaanii irratti fidu yeroo yaadani, dadhabsoon
isaanii suni hundi isaan irraa badee naannaa Annisa qilleensichaa
naanna'aa gammachuu guddaadhaan utaalanii sirbani.
Shawwisaanillee utuu hin hafiin, Saroota isa dheeganiin mar-
samee, kormaan Handaanqqoo dura dura isaa Xurumbaa
"Kukkuluu'u'u'ukkuu" jedhu isaaf afuufaa, ijaarsa isa xumurame
daawwachuu dhufe. Bineeldoota hundaan innumti mataa isaa
isaanitti dhiyaatee "Ijaarsicha xumuruu keessaniif baga gammad-
dani." isaaniin jedhe. Annisa qilleensichaas "Annisa Shawwisaa"
jedhamee kan moggaasame ta'uu isaa isaaniif ibse.
Kuni ta'ee guyyaa lammaffaa irratti bineeldooliin Man-kuusaa isa
guddaa keessatti wal-ga'ii addaadhaaf waamamani. Shawwisaan
Saanqaa kuusamee jiru sana Namoof gurguruun isaa yeroo
isaanitti himamu akka waan bakakkaan isaan irra bu'ee
goganii hafani. "Guyyaa borii irraa eegalee gaariiwwan fe'umsaa
Namoo deddeebi'anii Saanqoota kanneen nii guuru." Jedhamani.
Shawwisaan yeroo hamma kana Jiilchaa waliin michooma waan
uume fakkaatee edaa inni karaa harka jalaa Namoo waliin irratti
dubbachaa ture.
Waan kuni ta'eefis hariirooleen Migira Hadurree waliin tur-
ani hundi addaan citani. Jiilchaaiifis ergooliin arrabsoo ni
ergamaniif. Gugooliin kana booda gara Yambootti akka hin-
balaliine fi dhaadannoo isa "Duutni Namoof!" jedhu "Duutni
Jiilchaaf!" kan jedhuun akka jijjiirani qajeelfamni isaaniif ken-
name. Karaa Namoo balaan waraanaa bakka qonnaa bineeldootaa
marsee jira jedhamaa inni tures oduu sobaa ture jedhame isaan-
itti himame. Namoon bineeldoota warra bulchu irratti gidiraa
saayinsiin ala ta'e isaan irraan ga'a inni jedhames akka malee ol

ka'ee odeessamee jira jedhame. Hamiin kunneen hundi isaanii kan uumamani tarii basaastoota Qerreensootiin utuu hin ta'iin hin oolu jedhamee bineeldoota gidduutti tamsaafame. Qerreensoon hanga har'aatti kan dhokote qonnaa Yamboo keessa ture akka jedhame utuu hin ta'iin dhugaan isaa faallaa kanaa dha jedhame. Miilli Qerreensoo Yamboo ejjeteeyyuu hin beeku. Kunuunsa qabbaxaadhaan jiraachaa kan jiru bakka qonnaa Migira Hadurree keessa yeroo ta'u, dhoksaadhaan tajaajilaa Jiilchaa ture oduun jedhu ni odeessame.

Warreen booyyee ogummaa gadi fagoo Shawwisaatti gammaduu baay'ina irraan kan ka'e waaqa tuquuf ga'ani. Jiilchaa waliin hiriyaa fakkaachuudhaan Namoo akka inni Qarshii kudha lama itti dabalee bitu isa dirqisiisee jira. "Akkaataan itti Shawwisaan yaadu gadi fageenyi isaa…" jedhe Qaqawween. "Eenyumallee, Namoodhaanillee yoo ta'e amanuu dhiisuu isaadhaan ilaaluun nii danda'ama. Namoon wanta cheekii jedhamuun kaffalee Saanqaawwan sana bituu barbaadee ture. Egaa cheekii jechuun waraqaa cittuu yeroo ta'u, irra isaa irratti hammamtaan qarshii ni barreessama. Shawwisaan garuu Namoon olitti abshaala waan ta'eef kaffaltichi qarshiidhaan sanumaayyuu Noottii warra abbaa shaniin ta'ee Saanqaan sun guuramuu isaa dura akka kaffalu isa gaafate. Kanaafis ni kaffale. Qarshichis Meeshaa Annisa qilleensichaa sochoosutu ittiin bitama." jedhe Qaqawween.

Saanqichis haala si'ataa fi qindaa'aa ta'een guuramuu jalqabe. Kuni akka xumuramettis walga'iin addaa kan biraa ni waamame. Bineeldooliin man-kuusaa isa guddaatti argamanii qarshicha akka daawwatani godhame. Marga gogaa waltajjicha irra afame irra Shawwisaan meedaaliyoota isaa of irra tarreessee, seeqa bineeldaa agarsiisaa, taa'ee jira. Gabatee mana jireenyaa isa guddaatii dhufe irra qarshiin gurgurtaa Saanqaa irraa argame sun seeraan tuulamee isa bira kaa'amee jira. Bineeldooliin suuta jechaa iji isaanii hanga quufutti ilaalaa qarshicha fuuldura darbu. Magaal qarshicha fuunfachuuf funyaan isaa gad itti siiqse. Wantootni a'adii lallaafoo suni afuura isaatiin jeeqamanii bibittinnaa'ani.

Kuni ta'ee guyyaa sadaffaa isaa irratti bakka qonnaa bineeldootaa keessattii waci Uumame. Bojaan bifti isaa daaraa fakkaatee, Bishkiliitii isaa fiigsisaa dhufee dirricha irratti darbatee gara Godoo isa guddaa fiigaa ol gale. Daqiiqaawwan muraasa booda kutaa jireenyaa Shawwisaa keessaa sagaleen iyyaa aariidhaan gubatee dhaga'ame. Wanti ta'es, buufata qonnichaa keessatti akka ibidda bosonaa waliin ga'ame. Qarshiin hundinuu kan sobaa / Foorjidii/ turani. Namoon saanqicha kan fudhate tola ture.

Shawwisaan bineeldoota hunda hatattamaan walitti isaan qabe. Sagalee sodaachisaa gumgumuun Namoo irratti murtoo du'aa murteesse. "Namoon utuu hin du'iin yeroo qabamu, lubbuudhaan utuu jiruu Bishaan danfaa keessatti gadi darbatama." isaaniin jedhe. Mujaaddala akka kanaatti aansee wanti dhufuu danda'u akka jiraatu isaan akeekkachiise. Namoo fi namootni isaa haleellaa yeroo dheeraaf dheegamaa ture nurraan ga'uu ni danda'u. Haraatiin dheegumsaa iddoowwan bakka qonnichaa walquunnamsiisan hunda irratti ni dhaabbatani. Gugootni afur gara Migira Hadurreetti ergaa nagaa fagoo qabatanii ergamani. Kuni Jiilchaa waliin hariiroo gaarii fiduu ni danda'a jedhame.

Haleellichi bulee isaa ni eegalame. Bineeldootni ciree irra turani. Namoo fi namootni isaa balbala isa guddaa buufata qonnichaa darbanii galuu isaanii bineeldootni warreen eegumsaaf ramadamanii turani dhufanii himani. Bineeldooliinis laphee isaanii galagalchanii warreen weerartoota fuulleetti isaanitti dhaqani. Ta'us mo'umsa salphaa isa akka waraana dallaa sa'aa irratti argatanii argachuu hin dandeenye. Namoota kudha shan turani. Walakkaan isaanii qawwee qabatanii jiru. Fageenya meetira shantama irraa dhukaasa banani. Hagamillee Shawwisaa fi Magaal isaan jajjabeessuuf yaalii godhanis, bineeldooliin dhukaasa isa gadi isaanitti roobaa jiruu fi dhikkifannaa rasaasichaa fuuldura dhaabbatanii ittisuu waan hin dandeenyeef gara duubaatti baqatani. Baay'een isaanii ni madaa'ani. Godoowwan buufata qonnichaa keessa jirani duuba dhokotanii karaa qaawwaa ilaaluu jalqabani.

Lafti margaa hundi isaa Annisa qilleensichaa dabalatee to'annoo diinaa jalatti kufee jira. Yeroo xiqqoof Shawwisaan maal gochuu akka qabu bitaa waan itti gale fakkaate. Oliif gadi deeme, eegeen isaa dhaabbatee roqoma. Gara kallattii Migira Hadurree miira abdiidhaan ilaale. Jiilchaa fi namootni isaa gargaarsa utuu isaaniif godhanii mo'amuu irraa ooluu nii danda'u. kana gidduutti Gugootni kaleessa gara Migira Hadurree ergamanii turani deebi'anii dhufani. Isaan gidduudhaa isheen tokko waraqaa ergaa Jiilchaa irraa ergame qabu Shawwisaaf dhiyeessite. "Kan harka kee argattee jirta." jedha ergichi.

Namoo fi namootni isaa Annisa qilleensichaa bira yeroo ga'ani ni dhaabbatani. Bineeldooliin of eeggannoodhaan isaan ilaalu. Sodaadhaan dhiphatani. Namootni lama sibiila dheeraa fi Burruusa qabatanii jiru, Annisa qilleensichaa diiguuf.

"Ta'uu hin danda'u." jedhee iyye Shawwisaan. "Dhaabbiin isaa akkanumatti qoosaadhaan kan diigamu miti. Torbee tokko guutuu yoo wallaansoo qabanillee hin jigu. Homaa miti jaalleewwan koo!"

Jaarsoon haalli namoota sanaa waan isatti hin bareedneef ija of-eeggannoodhaan ture kan isaan hordofu. Lamman isaanii Sibiila dheeraa fi Burruusa of harkatti qabataniin hundee Annisa qilleensichaa qotuu jalqabani. Jaarsoon yeroo kana argu raaje-effanoodhaaan suuta mataa isaa raase. "Akkan shakke gochuuf jedhu." jedhe. "Maal hojjechaa akka jirani arguu hin dandeessanii? Daqiiqaa itti aanutti boollicha qotanii dhuka'aa keessatti aw-waalu."

Bineeldooliin naasuudhaan waan itti fufee dhufu dheeggachuu jalqabani. Amma iddoo dhokotanii gadi ba'uu hin danda'ani. Daqiiqaa muraasa booda namootni sun kallattii kallattiidhaan isaanii fiigu argani. Itti aansees sagalee dhukaasaa waaqaa fi lafa walitti make fakkaatutu dhaga'ame. Gugooliin gara qilleensaatti balali'ani. Shawwisaatiin ala bineeldootni hundi garaa isaaniid-haan lafa qabatanii fuula isaanii dhoksatani. Bakka of dhoksanii yeroo ka'ani, aarri huurrii gurraacha fakkaatu bakka Annisa qil-leensichaa irraa yeroo dadacha'ee ol aaru argani. Qilleensichi suuta hurricha isa gurraacha bittineesse. Annisi qilleensichaa iddoo isaa hin jiru.

Bineeldooliin kana yeroo argani onneen isaanii lubbuu horate. Sodaa fi shororki isaan daawweessee ture hojii abaaramaa arganiin isaan irraa bade. Ibiddi haaloo ba'uu keessa isaaniitti boba'u walqabate. Hundi bineeldootaa sagalee haaloo ba'uu gumgumuun, ajaja tokkollee utuu hin eegiin gara naannaa diinaatti fiigani. Rasaasni diinaa inni raajiidhaf isaan irratti gadi roobullee isaan hin dhaabne.

Waraanni suukkanneessaa fi gara jabeessummaadhaan guutame ni gaggeesame. Warri namootaa daddabalanii rooba dhukaasaa asii gadi isaanitti roobsani. Yeroo bineeldooliin isaanitti siiqanis ulee isaanii fi kophee boottii isaanii isa jabaadhaan of irraa isaan ittisani. Sa'a tokko, Hooloota sadii fi Daakkiyyeen tokko nii du'ani. Baay'een isaanii ni madaa'ani. Waraanicha duuba ta'ee gaggeessaa inni ture Shawwisaanillee utuu hin hafiin xiyyoon eegee isaa rukuttaa rasaasaadhan irraa cite jira. Warreen namootaas taanaan miidhaan isaan irra ga'ee jira. Sadan isaanii kottee Magaaliin dhahamanii mataan isaanii baqaqee jira. Inni kan biraan mi'i garaa isaa gaanfa sa'aatiin waraanamee uratee jira. Hagamsee fi Kolaas surrii nama isa tokkoo irratti cicciranii qullaa ta'uudhaaf homaa isa hin hafnee.

Sarootni dheegdoota Shawwisaa ta'an saglan biqiltuuwwan keessa akka dhokotan ajajamanii turani, Namootaa boodaan akka bineensa dhiigni isa dheebotee iyyaa fi darbatamaa tasa yeroo isaanitti dhufani, namootittiin sodaadhaan hollatani. Marsaa jalaa miliquu hin dandeenye keessa galaa akka jirani hubatani. Qaawwi hundi utuu hin cufamiin yeroodhaan akka miliqani Namoon namoota isaaf ajaja kenne. Battaluma sanatti weerartootni warreen sodaattuun duubatti naanna'anii fiigicha yaa lubbu nabaasii fiigani. Bineeldooliin hanga xumura dirreetti faana bu'aa isaan ari'ani. Karaa isa biqiltuu hagamsaan guutame sana irraan miliquu isaanii dura warreen tokko tokko dhiitichaa fi ciniinnaa isa dhumaa ittiin adda ba'ani argatani.

Bineeldooliinis waraanicha ni mo'atani. Garuu baay'ee isaan dadhabee jira. Dhiigaan marsamanii jiru. Okkolaa suuta gara bakka qonnichaa deemani. Jaalleewwan isaanii warra dirricha irraatti iddoo iddootti kufani yeroo argani, warri tokko tokko isaan boosise. Bakka Annisa qilleensichaa isa firii dadhabsoo isaanii ture bira yeroo ga'ani callisanii gaddaan liqimsamanii, yeroo murtaa'eef dhaabbatani. Eeyyeen! hafteen isaallee hin jiru. Dad-habsoon isaanii suni hundi hafteen isaallee hin argamu. Hundeen isaa utuu hin hafiin barbadaa'ee jira. Irra deebi'anii ijaaruudhaafil-lee dhagaa isaa akka yeroo darbee irra deebi'anii itti fayyadamuu hin danda'ani. Biittinnaa'ee jira. Humni dhukaasichaa meetiroota baay'ee fageessee isa bittinneesee jira. Annisi qilleensichaa tas-umayyuu iddoo sana irratti ijaaramee waaan ture hin fakkaatu. Bakka qonnichaa bira akka ga'anittis hanga xumura waraan-ichaatti eessa akka ture kan hin beekamne Qaqawween, haala boonuutiin tarkaanfachaa, fuuli isaa gammachuudhaan ifee, eegee isaa raasaa, gara isaanii dhufe. Kallattii godoowwan buufata qonnichaa irraan bineeldooliin sagalee dhukaasaa dhagahani.

"Dhukaasni qawwichaa maal ilaalchiseetu?" jedhee gaafate Ma-gaal. "Mo'umsa keenya ibsuudhaaf." jedhee iyye Qaqawween. "Mo'umsa maalii?" Magaal ni gaafateen. Jilbi isaa dhiigaa jira. Ko-phee isaa dhabuu isaa irrayyuu kotteen isaa baqaqee jira. Luka isaa warra fuulduraa keessa rasaasni darzana ta'ani awwaala-manii hafanii jiru.

"Mo'umsa maalii jettee jaallee koo? Diinoota keenya lafa keenya irraa fi bakka qonnaa bineeldootaa isa eebbisame irraa isaan hin ariinee nuti?"

"Annisa qilleensaa nuti waggaa lama itti dhamaane garuu ciraa balleesssanii jiru."

"Maarree yoo ciraa badewoo? Kan biraa ijaarra. Barbaachisaa fakkaatee yoo nutti argame Annisa qilleensaa ja'a ijaaruu nii dan-deenya. Hojii guddaa hojjenne kana ajaa'ibsiifachaa hin jirtu jaal-lee koo. Lafti nuti irra dhaabbannu kuni diina harkatti kufee kan ture dha. Galatni hooggansa jaallee keenya Shawwisaaf haa ta'uutii kunoo lafa taakkuu tokkoon tokkoon ishee diina harkaa baasnee deebsnee qabannee jirra."

"Durumaayyuu isa qabnu turredhaam kan deebisiisne." Ittiin jedhe Magaal. "Maarree isadhaam mo'umsi keenya." jechuudhaan isaaf deebise Qaqawween. Sana booda o'okkolaa gara bakka itti walga'ani deemani. Rasaasootni miila Magaal keessa awwaala-mani isa dhikkifatu. Hojii Annisa qilleensichaa deebisanii ijaaruu fuuldura isaatti isa dheegaa jiru yeroo yaadu laphee isaa kessatti of qopheessuu jalqabe. Yeroo jalqabaatiif umuriin isaa akka waggaa kudha tokko isaaf guute yeroo yaadatuu fi umuriin isaa deemuu isaa yeroo isaaf galu irreen isaa warreen cimoon suni akka durii akka isaaf hin taane isatti dhaga'ame.

Bineeldooliin alaabaan isaanii inni magariisi yeroo fannisamuu fi dhukaasa Qawwee irra deddeebi'anii yeroo dhaga'ani(walumaa galatti si'a torba dhukaasamee jira.) Waayee dirqama isaan ba'atanii Shawwisaan haasaa isaaniif yoo godhu, dhugumayyuu mo'umsa guddaa akka gonfatani isaanitti dhaga'ame. Bineeldooliin waraanicha irratti wareegamani sirni awwaalchaa isaaniif godhame. Magaalii fi Diimeen gaarii reeffi bineeldoota warreen wareegamanii irratti fe'ame yeroo harkisani, Shawwisaan fuuldura hiriiramtootaa deema ture.

Mo'umsa argamee kabajuuf guyyootni lama ni kennamani. Faarfannoota hedduutu ture. Haasaawwan hedduu fi dhukaasawwan hedduun ni godhamani. Bineeldoota tokkoon tokkoon isaaniif kennaan Appilii tokko tokko isaaniif godhamee. Boqqolloon Kaballaa lama Gugootaaf, lafeen sadi sadi Sarootaaf hirame. Waraanichis 'waraana Annisa qilleensaa' jedhamee kan waamamu ta'uun isaa ni labsame. Maqaan badhaasa Meedaaliyaa gootaaf kennamu haaraa 'Qondaala Alaabaa magariisaa' jedhu ni moggaasame. Kan badhaasames Shawwisaa matuma isaa ture. Gammachuu kana gidduutti garuu waayeen qarshiiwwan sanaa ni dagatame.

Kuni ta'ee guyyoota muraasa booda warreen booyyee Godoo isa guddaa keessaa dhugaatii wuskiiwwanii hedduu argatani. Hanga guyyaa sanaatti garuu wuskiin jiraachuun isaa hin beekamu ture. Guyyaa sana galgalas Godoo sana keessaa sagalee guddaadhaan faarfannaan faarfatamaa bule. Yeedaloon isaa warreen dhaggeeffachaa ture hunda hanga ajaa'ibsiisutti makaa yeedaloo faarfannaa 'Bineeldoota Oromiyaa' of keessaa qaba ture. Dhiha keessaa nannaa sa'aatii sagalii fi walakkaa, Shawwisaan Baarneexaa dulloomaa Dajjaash Bulchaa mataa irra kaa'atee karaa balbala boroo gadi ba'ee dirree irra gulufee yeroo deebi'u argame. Bulee isaa ganama calleensa sagaleen xiixu tokko godoowwan keessaa ba'u itti hin dhaga'amnetu ta'ee jira. Sanyiin booyyee tokkollee utuu hin argamiin guyyeeffatani.

Qaqawween, callisaan gitintiraa, iji isaa boora'ee, eegeen isaa dhukkubni kan itti hammaate haala fakkaatuun, ganama keessaa sa'aatii sadii yeroo ta'u, achii as ba'e. Bineeldoota walitti sassaabee oduu gaddisiisaa fidee akka dhufe isaanitti hime. "Jaalleen keenya Shawwisaan qarqara du'aa irrattii argama." isaaniin jedhe. Iyyatu ta'e. Marga galma Godoo fuullee afamee jiru irra bineeldooliin xiyyoo quba miila isaaniidhaan ejjechaa darbani. Iji isaanii imimmaaniin dhiqamee, hoogganaa isaanii duuti isaan irraa yoo fudhate maal gochuu akka danda'ani walii isaanii wal gaafatu.

"Qerreensoon nyaata Shawwisaa keessa haala hin beekamneen summii naqee jira." oduun jedhu haasa'amuu jalqabe. Kana gidduutti Qaqawween ibsa kan biraa kennuuf dhufe. "Jaalleen keenya Shawwisaan yeroo turtii isaa addunyaa kanaa isa dhumaa irratti labsii itti aanu kana labsee jira." isaaniin jedhe. "Alkoolii dhuguun du'aan isin adabsiisa."

Gara galgalaa Shawwisaan isaaf fooyya'aa akka jiru dhagahame. Bulee isaa ganama Qaqawween dhufee isaaf wayyaa'ee akka jiru isaanitti hime. Galgaluma sana Shawwisaan jiruu jalqabuun isaa ni himame. Guyyaa itti aanu Shawwisaan Bojaa waamee kitaaba akkaataa itti xinsisiin ittiin naqamu ibsu Leeqaatii akka isaaf bitu isa ajajuun isaa nii beekame. Torbee tokko booda, ajaja Shawwisaan dabarseen, lafti margaa warra soorama ba'aniif kennamee ture, bakka qonnaa fuduraa gamatti argamu sun, akka qotamu murteesse. Sababni inni isaaniif kennes "Laftichi waan sanyii kennuu dadhabeef sanyiin isa barbaachisa." Kan jedhu ture. Ta'us, sanyiin akka facaasamu Shawwisaan barbaades kan garbuu ta'uun isaa battaluma sanatti beekame.

Yeroo kana ture haalli keessummaa isaanitti ta'ee fi sababni isaa homaa isaanii galuu hin dandeenye kan uumame. Galgala tokko naannaa sa'aatii kudha lamaa, Mana Godoo boroodhaa wanti tokko sagalee guddaadhaan yeroo kufu dhagahame. Bineeldooliin bakka bulmaata isaaniitii ba'anii gara kallattii sagalicha itti dhaga'anii ariitiidhaan deemani. Galgala sana ifti ji'aa dammaqinaan ifaa ture. Dhaabbii man-kuusaa isa guddaa, bakka ajajootni torban itti barreessaman jala masalaaliin bakka lamatti hiramee kufee jira. Qaqawween fuula isaa irraa naasuutu dubbisama. Cinaacha isaatiin lafatti kufee diriiree jira. Bira isaa Faanoosii, Burusha qalama ittiin dibanii fi Qorqorroo kan qalama adii of keessaa qabu, afaan isaatiin lafatti galagalee mul'ata. Sarootni isa dheegani battaluma sanatti isa marsani. Bakka kufee yeroo ka'us isa marsanii gara Godoo isa guddaa deemani.

Bineeldootni hundi dhoksaan gocha Qaqawwee isaanii dhufuu hin dandeenye, Jaarsootiin ala. Inni garuu dubbichi akka isaaf galee jiru mataa isaa raasuu isaatiin ala warra kaanitti homaa isaanitti hin himne.

Guyyoota muraasa booda Shaashoon ajajawwan torban sana ofii dubbistee yeroo fixxu, seerri kan biraa bineeldooliin hubannoo dogoggoraatiin qabatani jiraachuu isaa hubatte. Ajajni inni shanaffaan "Binneeldi kamiyyuu Alkoolii dhuguun isa irra hin jiru." Kan jedhu isaanitti fakkaatee ture. Haa ta'u malee jechootni lama isaan dagatani keessa jiru turani. Ajajni inni shanaffaan sirriitti kan jedhu akkas ture. "Bineeldi kamiyyuu Alkoolii dhuguun isa irra hin jiru, humnaa ol."

BOQONNAA SAGAL

Rippaablikaa fi Pirezidaantummaa

Kotteen Magaal inni baqaqe utuu hin fayyiin yeroo dheeraa ture. Ayyaanni guyyaa mo'umsaa kabajamee bulee isaa ture ijaarsi Annisa qilleensichaa kan jalqabame. Magaal guyyaa tokkollee jiruu irraa hafuu hin fedhu jedhe. Dhukkubaan miidhamaa akka jiru beeksisuu dhiisuudhaaf jecha miidhama isaa liqimsee hojjeta. Yeroo dhihu garuu kottee isaa garmalee akka isa dhikkifatu Diimee utuu hin dhoksiin isheetti hima. Isheenis hidda mukaawwan adda addaa alanfachuudhaan walitti maktee qopheessitee madaa isaa isaaf yaalti. Sa'aatii jiruu irratti balleessu akka hir'isu Jaarsoo fi Diimeen irra deddeebi'anii isatti himu. "Umuriin somba Fardaa badaa miti." ittiin jetti Diimeen. Magaal garuu gorsa isaanii hin dhaga'u. Soorama ba'uu isaa dura abjuu inni qabu waan tokko qofa ta'uu isaa dubbata. Annisi qilleensichaa ijaaramee ijaan arguu.

Seerootni bakka qonnaa bineeldootaa jalqaba yeroo tumamani dhumni umurii sooramaa kaa'ame ture: Fardootaa fi warreen booyyeef waggaa kudha lamaan, Sa'ootni waggaa kudha afuriin, Sarootni waggaa sagaliin, Hoolootni waggaa torbaan, Lukkulee fi Daakkiyyootni umurii waggaa shan isaaniitti soorama akka ba'ani dha. Akkaataan gita isaa ilaalamee kaffaltiin akka godhamu murtaa'ee ture. Ta'us, hanga har'aatti bineeldi Soorama ba'e garuu hin jiru. Dhimmichi garuu yeroo dhiyoon asitti daddabalamee yeroo ka'u ni mul'ata.

Lafti warreen soorama ba'anii bakka qonnaa fuduraa gamatti

isaanii murtaa'ee ture sun garbuun akka irratti faca'u erga seerri ba'ee asi bakka qonnaa midhaanii isa guddaa gar tokkeen isaa dallaan itti ijaaramee lafa marga sooramtootaaf akka oolu ni godhama oduun jedhu darbee darbee ni dhaga'ama. Akka jedhamutti yoo ta'e, Fardaaf guyyaatti Boqqolloo kiiloo shan. Yeroo ganni seenummoo nyaata gogaa kiiloo kudha shan. Kaarotni yoo danda'amemmoo Appilii waliin guyyoota ayyaanaa ni kennama. Guyyaan dhalootaa Magaal inni kudha lammaffaan waggaa dhufu yeroo bonaa irra oola.

Jireenyi ulfaatee jira. Bonni bara kanaa akka isa bara darbee gogumsi isaa cimaa dha. Kana irratti hir'inni nyaataa jira. Nyaata warreen booyyee fi Saree warra dheegdoota sanaan ala nyaatni bineeldoota hundaa irraa ammas hir'isamee jira. "Walqixxummaa Nyaataa mankaraara'aa hordofuun qajeelfama bineeldummaa mormuu ta'a." isaaniin jedha Qaqawween. Hagamillee hir'inni nyaataa kan jiru fakkaatus, qabatamaadhaan garuu bineeldooliin rakkoon nyaataa kan isaan irra hin jirre ta'uu isaa amansiisuuf Qaqawween rakkoo ragaa tarreesuu hin qabu. Dhugaa hasa'uudhaaf yeroodhaaf dhiyeessii nyaata guyyaa isaanii irratti sirreeffama gochuun barbaachisaa ta'ee jira. (Dhimma nyaataa ilaalchisee Qaqawween yeroo hundaa 'Sirreesii' malee 'Hir'isii' hin jedhu.) Ta'us garuu kan bara Dajjaash Bulchaa waliin yeroo wal bira madaalamu fooyya'insi jiru ol-aanaa ture.

Qaqawween lakkoofsoota 'safartuu guddinaa' waraqaa irratti tarreessamanii jirani sagalee qalloo si'ataadhaan dubbisaa, Bara Dajjaash Bulchaa caalaatti ofii isaaniin of bulchuu erga jalqabanii asi, Aajjaa baay'ee, Marga gogaa baay'ee fi Agadaa baay'ee akka qabani, yeroon hojii isaanii gabaabaa akka ta'e, Bishaan dhugaatii qulqulluu fi filatamaa akka argatani, umurii dheeraa jiraachuu akka eegalani, da'umsa waliin wal qabatee duuti daa'immanii baay'isee akka hir'ate, bakkeewwan bulmaataa isaaniitti afata margaa ga'aa akka qabanii fi tafkii irraa akka adda ba'ani isaanitti hima. Bineeldooliin ibsa isaa guutummaatti itti amananii jiru. Dhugaa dubbachuudhaaf garuu, Dajjaash Bulchaa fi kaayyoo inni itti dhaabbate maal akka ture laphee isaanii keessaa badaa jira ture. Jireenyi isaanii yeroo ammaa gaddisiisaa fi sadarkaa gadi aanaa irra ta'uun isaa isaanitti beekama. Sababni isaas, yeroo hundaa akka isaan beela'ee fi akka isaanitti qorre. Hirriba yoo rafaniin ala, yeroo hundaa hojiidhaan akka qabamani, isaanitti dhaga'ama ture. Haa ta'u malee shakkii malee yeroon durii kana irra caalaa gadhee ture jedhanii amanu. Kana amanuu isaaniittimmoo gammadoo dha. Bara isa duraatti garbummaa irra turani. Amma bilisa dha. Kuni isaaniif waan bakka isaa bu'u kan hin qabne ture. Qaqawweenis waayee dhimma bilisummaa isaanii jabeessee isaan yaadachiisa.

Yeroo ammaa qoonqoon nyaatni isa barbaachisu baay'atee jira. Yeroo sanyiin faca'u keessa haadhooliin booyyee afur yeroo walfakkaataa keessatti dimshaashumaan ilmoo booyyee soddomii tokko dhalani. Ilmooleen booyyee dhalatan kunneen gogaa adii fi gurraacha, buburree ta'e qabu turani. Booyyeen hin kolaasamne buufata qonnichaa keessa jiru Shawwisaa qofaa waan ta'eef, abbaan isaanii eenyu akka ta'e tilmaamuun hin cimu. Gara fuulduraatti dhagaa xuubii fi Saanqaan yeroo bitamani, iddoo fuduraa bakka Godoo isa guddaa jiru irratti manni barumsaa warreen booyyee dardaroo kanaaf akka ijaaramu ni labsame. Hanga sanatti kutaa nyaatni itti bilcheessamu isa Godoo sana keessatti argamutti Shawwisaa mataan isaa qajeelfama akka isaaniif kennu ibsame. Bakka fuduraa irratti ispoortii hojjetu. Ijoollee bineeldoota kan biroo waliin garuu akka wal hin makne dhorkamanii jiru.

Egaa yeroo kana ture "Booyyee fi Bineeldi kan biraan karaa irratti yoo walitti dhufani bineeldi inni kan biraan isa booyyeef karaa gad dhiisuutu isa irra jira." seerri jedhu kan ba'e. Dabalataanis booyyeen sadarkaa kam irrattiyyuu argamu dilbata yeroo hundaa faaya magariisa eegee isaa irratti hidhachuudhaaf mirga addaa akka qabu seerri ni tumame.

Waggaa sana qonni bifa fooyya'aa ta'een firii bareedaa ta'e argatee jira. Hir'inni qarshii garuu jira ture. Mana barumsichaa ijaaruuf xuuboota, cirrachaa fi walitti maktuun bitamuutu isaanitti jira. Meeshaa Annisa qilleensichaaf ta'u bituuf qarshii walitti kuusuun barbaachisaa ture. Zayiitaa fi Dungoon manaaf oolani bitamuutu isaan irra jira. Shawwisaafimmoo sukkaara.

(Shawwisaan Booyyeen kan biraa sukkaara akka hin nyaatne dhorkee jira. Sababni inni isaaniif kennes garmalee isaan furdisa kan jedhu ture.) dabalataanis meeshaalee harkatti qabatamani, Mismaara, Sibaagoo, Kasala, Shiboo, Sibiilawwanii fi Nyaatni Sarootaa bitamuutu isaan irra jira.

Tuullaa cidii kuusame jiruu fi oomisha dinnichaa irraa walakkaan isaa nii gurgurame. Baay'inni buphaawwanii Lukkulee irraa fuudhamanii lakkoofsi isaa torbeetti gara dhibba ja'aatti ol dabale. Waggaa sana Lukkuuleen cuuciiwwan ga'aa yaasuu waan dadhabaniif, gahee isaan irratti ramadame guutanii argamuun isaan rakkisee ture. Hir'isamuun nyaata ji'a darbe godhamee ture ji'a kanas dabalataan ni godhame. Kurraazootni bakka bulmaatiwwan keessatti ifaa turanis sababa gaazii qusachuuf jedhuun ni dhorkamani. Warreen booyyee hundi garuu itti tolaa isaaniitu jira ture. Furdina dabalanii foon isaanii gadi rarra'uun alatti wanti isaan dhabani tokkollee hin turre.

Ji'a waxabajjii keessa guyyaa isa tokko waaree booda kutaa itti dhugaatiin naqamu, mana godoo isa guddaa borootti argamu bara Dajjaash Bulchaa tajaajilaan ala ta'ee ture keessaa fooliin addaa bineeldootni kanaan dura fuunfatanii hin beekne fedhii nyaataa kakaasee garaa isaan raasu dirree qaxxaamuree isaanitti urgaa'e. Isaan gidduudhaa inni tokko urgaa akaa'ii garbuu ta'uu isaa dubbate. Bineeldooliin garaa isaanii beeluun fixe sanaan qilleensicha fuunfachaa irbaata keenyatu qophaa'aa jira ta'a jedhanii yaadani. Ta'us kan isaaniif dhiyaate kan isaan yaadani hin turre.

Kuni ta'ee torbee isaatti, guyyaa dilbataa, "Kana booda garbuun hundumti isaayyuu nyaata warreen booyyeef qofa oola." seerri jedhu ni ba'e. Lafti bakka qonnaa fuduraa warreen sooramtootaaf jedhamee dallaan itti ijaaramee ture gama jiru sun garbuun erga irratti faca'ee bubbulee jira. Badaa utuu hin turiin tokkoon tokkoon booyyee nyaata isaa waliin biiraan liitira walakkaa akka isaaf kennamu bineeldootni bira ga'ani. Shawwisaan ofiisaaf guyyaatti biiraa liitira lamaaf walakkaa kan fudhatu yeroo ta'u, kuni yeroo hunda qodaa ittiin shoorbaan dhugamu "Kiraawun Darbii" jedhamuun isaaf dhiyaata.

Dhugaan jiru gidiraan jireenyaa kan baay'ate ta'us, jireenya bara kana jiru kan bakka bu'u, bara isa duraa irra caalaatti kabaja kan argate ta'uu isaa ture. Sababni isaas, faarfannootni hedduun ni faarfatamu. Haasaalee hedduun ni adeemsifamu. Hiriirootni hedduu ni godhamu. Akkaataa ajaja Shawwisaan dabarseen torbanitti si'a tokko hiriirri nagaa ni godhama. Hiriirichis 'hiriira nagaa akkanumaan gaggeessamu' dha. Kaayyoon isaas wallaansoo fi mo'umsa bakka qonnaa bineeldootaa yaadachuuf ta'a.

Bineeldootni sa'aatii isaaniif murtaa'e keessatti hojii isaanii addaan kutanii gurmaa'ina loltummaadhaan buufata qonnichaa keessatti hiriira ba'u. Warreen booyyee hiriiricha dursu. Fardootni isaan booda ba'u. Itti aansee Sa'oota. Sa'oota boodaan Hooloota. Achii lukkulee fi Daakkiyyoota. Sarootni hiriiricha irratti bitaa fi mirga deemaa qindeessu. Hiriiramtoota hunda isaanii fuuldura kan ta'u Handaaqqoo Shawwisaa isa gurraacha ture. Alaabaa magariisa, fakkiin kottee fi gaanfaa irratti kaasame, jala isaa irratti barreeffama "Lubbuu dheeraa jaallee keenya Shawwisaaf!" jedhuqabatanii kan hiriirani Magaalii fi Diimee turani. Hiriiratti aansee walaloon waayee beekkamtii Shawwisaa himu ni dubbisama. Ibsi Qaqawwee itti fufa. Qaqawween keessumaayyuu ibsa oomishni midhaanii harka meeqaan akka dabale ibsu irratti xiyyeeffate ture haasaa kan godhu. Darbee darbee qawween ni dhukaasama.

Hiriira akkanumaan gaggeessamu kana kan baay'ee deeggarani hooloota turani. Warreen tokko tokko (Bakka warreen booyyee fi Sarootni dheegdootni hin jirretti akka jedhanitti) hiriirri nagaa kun yeroo keenya qisaasa, qorra irra sa'aatii dheeraaf nu dhaaba jechuudhaan yeroo gumgummii dhageessisani, Hoolootni sagalee guddaadhaan "Warreen miila afurii gaarii, warreen miila lamaa gadhee!" jechuudhaan akka callisan isaan godhu. Baay'inaan garuu bineeldooliin kabaja kana ni jaallatu. Of irratti gooftaa waan ta'aniif, kan hojjetanii fi kan dhama'anis mataa isaaniif ta'uu isaa isaan yaadachiisa waan ta'eef, isaanitti tola.

Tarreessiin guddina diinagdee Qaqawwee, dhukaasni qawwee inni gumgumu, kukkuluu'u'u'un kormaa Handaaqqoo sanaa fi balali'iinsi alaabaa isaanii walitti idaa'amanii garaa qullaa ta'uu isaanii yoo xiqqate hamma tokko isaan irraanfachiisu.

Ji'a Adooleessaa keessa bakki qonnaa bineeldootaa 'Rippaablika' ta'uun isaa ni labsame. Kanaafis Pirezidaantii Rippaablikichaa filuun barbaachisaa ta'ee argame. Dorgommiidhaaf kan dhiyaate dorgomaa tokko qofaa ture, Shawwisaa. Innis sagalee guutuudhaan Pirezidaantii Rippaablikichaa ta'ee filatame. Guyyaadhuma sana Qerreensoon waliigaltee dhoksaa yeroo dheeraa inni Dajjaash Bulchaa waliin qabu ture kan tarreessu sanadni haaraa argamuun isaa ni ibsame.

Bineeldooliin hanga yeroo sanaatti akka tilmaamaa turani Qerreensoon waraana dallaa sa'aa sana irratti galmi tarsiimoo isaa akka isaan mo'amani gochuu qofa utuu hin ta'iin, waraanicha kan inni lolaa ture Dajjaash Bulchaa bira hiriiruudhaan ture jedhame. Kanaan olitti dhala namaa isa weeraraa sana dursaa kan ture isa ta'uun alatti, dhaadannoo dursee dhala namaa isa ta'e "Namummaan bara baraan haa jiraatu!" jedhu sana afaan isaatii baasee waraanicha kan jalqabsiise isa mataa isaa ture jedhame. Madaan gateettii Qerreensoo irra ga'e (Muraasni isaanii ammayyuu ni yaadatu) ilkaan Shawwisaan kan ciniiname akka tures isaanitti himame.

Walakkaa bonaa Cillimoon allaattichi inni gurraachi waggoota baay'ee booda buufata qonnichaatti argame. Homaa hin jijjiiramne. Ammayyuu hojii hin hojjetu. Ammayyuu sagalee dhiisameen waayee tulluu shonkoraa lallaba. Damee muka kufee irra taa'ee, baalleewwan isaa warreen gugurraacha sana walitti dhahaa, kan isa dhaga'u yoo argate sa'aatii dheeraaf utuu wal irraa hin kutiin lallaba.

"Achi jaalleewwan koo!" isaaniin jedha Cillimoon yaadaan liqimsamee, huuruu isaa dheeraa qara ta'e sanaan ol isaanitti agarsiisaa. "Achi, hurrii gurraacha isin argaa jirtani sanaan gama, nuti bineeldooliin warreen hiyyeessi, dadhabbii keenya biyya lafaa kana irraa bara baraaf bakka boqonnaa itti godhannu, biyyi gammachuudhaan guutame Tulluu shonkoraa jedhamee waamamu ni argama." Cillimoon haasaa isaa kanaan qofa hin dhaabu. Balaliiwwan ol fagoo godhe baay'ee keessaa isa tokko irratti Tulluu shonkoraa arguu isaa dubbata. "Tulluu ililliidhaan bareede, keekii ija talbaadhaan guutame, dirree ciisee fi biqiltuuwwan dhagaan shukkaaraa irratti biqilani argeen jira." isaaniin jedha.

Bineeldooliin baay'een isaanii Cillimoodhaan ni amanu. Sababni isaas, jireenyi isaanii yeroo ammaa beelaa fi hojii dadhabsiisaadhaan kan guutame ta'ee jira. Egaa bakki jireenyi kana irra caalu itti argamu jiraachuun isaa sirrii mitiiree?

Warreen booyyee ilaalcha isaan Cillimoof qabani tilmaamuun ni cima. Hundi isaanii faarsaan waayee seenaa Tulluu shonkoraa kuni gatii kan hin qabne ta'uu isaa sagalee tokkoon dubbatanii jiru. Haa ta'u malee buufata qonnichaatti hojii utuu hin hojjetiin lallabaa akka jiraatu isaaf eyyemanii jiru. Guyyaatti nyaatnii fi biiraan xaasaa tokko isaaf murtaa'ee jira.

Magaal kotteen isaa erga fayyee as kan durii caalaatti hojjeta. Dhugaa haasa'uuf yoo ta'e bineeldootni hundi waggaa sana akka garbichaa ture kan dhama'ani. Qonnaa idilee fi ijaarsa Annisa qilleensaa dabalatee mana barumsaa dargaggoota booyyeef oolu ji'a bitooteessaa eegalame sana ijaaruun dirqama isaanii ture. Yeroo tokko tokko nyaata ga'aa ta'een ala sa'aatiiwwan dheeraaf hojjechuun humna isaaniin ol isaanitti ta'a. Magaal garuu homaa harka hin kennu. Waan jedhuun ta'e hojii hojjetuun humni isaa akka durii ta'uu dhiisuu isaaf mallattoon isarraa argamu homaa hin turre. Qaama isaa qofatu jijjiiramni hanga tokko irraa mul'ata. Gogaan isaa akka durii hin cululuqu. Goobni isaa warri gurguddoo suni xiqqoo waan huqqatan fakkaatu. "Marga birraadhaan qaamni Magaal iddootti ni deebi'a." jedhu warreen tokko tokko yeroo odeessani.

Ji'i birraa ni dhufe. Qaamni Magaal garuu iddoo isaatti hin deebine. Yeroo tokko tokko bakka dhagaa itti baasanii fe'umsa asii ol yeroo harkisu irreen isaa yeroo isatti laafu, irra caalaatti kan isa irraa mul'atu jabina qaamaa utuu hin ta'iin jabina afuuraa ture. Yeroo akkasii kanatti "Jabaadheen hojjedha!" jechuudhaan hidhiin isaa yeroo sosocho'u ni argama. Sagalee baasuudhaaf garuu humni isa hanqata ture. Jaarsoo fi Diimeen fayyummaa isaa akka kunuunsu isa gorsuu irraa hin deebine. Ta'us, isaan hin dhaga'u. Guyyaan dhaloota isaa wagga kudha lammaffaa dhiyaachaa kan jiru yeroo ta'u, dhagaa ga'aa ijaarsa Annisa qilleensichaaf oolu soorama isaa dura walitti kuusuu hanga danda'etti isa kaaniif dhimma hin qabu ture.

Guyyaa tokko galgala oduun Magaal irra rakkoon tasaa ga'ee jira jedhu bakka qonnichaa keessatti bal'inaan odeessame. Dhagaa ijaarsa Annisa qilleensichaaf oolu harkisuudhaaf qofaa isaa deemee ture. Akkuma jedhame oduun suni dhugaa ture. Badaa utuu hin turiin Gugooliin lama oduu "Magaal kufee jira. Cinaacha isaa gar tokkeen kufee ka'uu hin dandeenye." jedhu fidanii dhufani. Bineeldootni walakkaan buufata qonnichaa gara tabba bakka Annisi qilleensichaa argamu dafanii deemani. Eeyyeen! Magaal kufee jira. Dagaleewwan ittiin gaarii harkisaa ture gidduu, mormi isaa harkisamee galee, mataa isaallee ol gochuu dadhabee, iji isaa fajajee jira. Cinaachi isaa dafqaan dhiqamee jira. Afaan isaa keessaa dhiigni qallinaan gadi xuruura. Diimeen cina isaa jilbeenffatte. "Akkam sitti jira Magaal?"' jettee iyyite. "Somba koo dha." isheedhaan jedhe Magaal sagalee dadhabeen. "Homaa miti.Ijaarsa Annisa qilleensichaa ani yoo hin jiraannes ati fixuu ni dandeessa. Dhagaan ga'aa ta'e walitti kuusamee jira. Asis ta'e achi umuriin naaf hafu ji'a tokko ni ta'a. Dhugaa jirun sitti himaatii yeroon itti soorama ba'u yaadaan ture. Jaarsoonis umuriin isaa deemaa waan jiruuf tarii isaafis mirga soorama isaa yoo isaaf eyyemani yeroo keenya waliin dabarsuu nii dandeenya."

"Hatattamaan gargaarsa argachuu qabna." Jette Diimeen. "Tokkoon keessan dafaatii waan ta'e Qaqawweetti himaa."

Bineeldootni hundi Qaqawweetti himuudhaaf gara Godoo isa guddichatti fiigani. Diimee fi Jaarsoo qofatu isa biratti hafe. Jaarsoon Magaal bira cinaacha isaatiin lafa tuqee homaa utuu hin dubbatiin eegee isaa isa dheeraadhaan titiisoota isa irraa dhorka. Qaqawween sa'aatii nuusa booda dhufe. Bifti isaa Magaaliif baay'ee waan dhiphatee fi waan isaaf yaadda'ee fakkaata. "Jaallee Shawwisaan hojjettoota isaa baay'ee amanamoo ta'ani keessaa isa tokko isa ta'e Magaal irra waan ga'e kana gadda gadi fagoodhaan kan ilaale ta'uu isaan olitti, buufata wallaansa bineeldootaa Leeqaa deemee akka yaalamuuf qophii barbaachisaa ta'e xumuree jira." isaaniin jedhe.

Bineeldootni wanti isaan dhaga'ani kuni isaaniif liqimsamuu

dide. Luuccee fi Qerreensootiin ala hanga har'aatti buufata qonnichaa gad dhiisee kan deeme hin jiru. Jaalleen isaanii isaan jalaa dhukkubsate kuni harka warreen dhala namaa irratti akka isaan jalaa kufu hin barbaadne. Ta'us, akkuma barame Qaqawween sodaa isaanii irraa isaan tasgabbeesse. "Asitti wallaanamuu isaa irra baqaqsee hodhaan buufata wallaansa bineeldootaa Leeqaa keessa hojjetu Magaaliin salphumatti isa wal'aanee fayyisuu ni danda'a." isaaniin jedhe. Sa'aatii walakkaa booda Magaal isatti fooyya'e. Bakka kufee akka fedhe jedhee tiiratee ka'ee gitintiraa gara bakka bulmaatii isaa deeme. Diimee fi Jaarsoon marga baay'ee akka ciisichaaf isatti tolutti godhanii isaaf naqani.

Guyyoota itti aanan lamaaf Magaal bakka ciisicha isaa irratti hidhamee oole. Warreen booyyee Godoo isa guddaa keessaa, kutaa dhaqna itti dhiqatan keessaa, bakka teessoo qorichaa irraa qoricha guddaa halluu diimaa qabu argatan tokko isaaf ergani. Qoricha kanas guyyaatti si'a lama nyaata booda Diimeen isaaf kenniti. Yeroo galgalaa'u isa bira ciistee isa haasofsiifti. Jaarsoonis titiisoolii isarraa dhorka. Magaal waan ta'e hundatti akka hin gaabbine isaanitti hime. Dhukkuba isaa irraa yoo dandamate gara fuulduraatti waggaa sadi jiraachuu akka danda'u, naannoo sooramtootaa xiyyoo lafa margaa jiru irratti argamutti yeroo isaaf hafe nagaadhaan dabarsuuf hawwii akka qabu isaan haasofsiise. Kunis yeroo jalqabaatiif bara ittiin of bashannansiisu, bara ittiin beekumsa isaa ittiin fooyyeeffatu akka ta'uu fi bara qubeewwan digdamii ja'an beekuudhaaf yaalii itti godhu akka ta'u isaanitti hime.

Jaarsoo fi Diimeen Magaal waliin ta'uu kan danda'ani yeroo hojiitiin booda jiru qofa irratti ture. Bineeldootaa hojiidhaaf bobba'ee jiru waaree irratti ture gaariin fe'umsaa Magaaliin fuudhee deemu kan dhufe. Bineeldootni hundi ol'aantummaa warreen booyyeedhaan aramaa buqqisaa utuu jiranii ture Jaarsoon karaa Godoo isa guddicha biraan sagalee guddaadhaan alaakaa fi gulufaa kan dhufe. Jaarsoodhaa miiraan guutamu ta'e isaa gulufu kan argani yeroo jalqabaatiif ture.

"Dafaa! Dafaa!" jedhee iyye. "Hatattamaan haa deemnu Magaaliin fuudhanii deemaa jiru." Bineeldootni eeyyema warreen booyyee utuu hin eegiin hojii isaanii gatanii gara Godoo isa guddichatti fiigani. Dhugumayyuu dirree irra gaariin fe'umsaa Fardoota lamaan harkisaamu dhaabbatee jira. Gaarichi barreessama ofirraa qaba. Konkolaachisaan bifa haxxee qabu baarneexaa mat22 irratti gadi gonbisatee irra taa'ee jira. Bakki bulmaatii Magaal duwwaa ture. Bineeldootni gaarii fe'umsichaa marsanii "Nagaan ta'i Magaal. Nagaan ta'i." jechaa iyyani.

"Gowwoota wayii! Gowwoota wayii!" jechuudhaan iyye Jaarsoon. Kotteewwan miila isaa warreen xixiqqoodhaan lafa soqachaa. "Gowwoota qofa hundi keessanuu! gaarichaa irratti isa barreessame dubbisuu hin dandeessanii?" as irratti bineeldootni nii tasgabbaa'ani. Ni callisani. Shaashoon qubeewwan isaa lakkaa'uu jalqabde. Calleensa akka awwaalchaa ulfaate giduutti Jaarsoon achi ishee dhiibee barreeffamicha dubbise.

"Qalma Fardaa, affeellaa Haphee, faddaalaa kall'ee, oomisha mana sarootaa fi nyaata lafee, Sooressaa Guutamaa" kuni maal jechuu akka ta'e isiniif hin galuu? Magaaliin gara warra Farda qalanii isa geessuuf jedhu.

Iyyi gidiraadhaan guutame gamaa gamanatti dhaga'ame. Yeroo kana konkolaachisaan gaarii sanaa fardeen warreen gaarii harkisan lammeen alangaadhaan isaan dhahee mooraa buufata qonnichaa gadi lakkisuu jalqabani. Bineeldootni hundi sagalee guddaadhaan boo'aa gaarii fe'umsaa sana duukaa bu'ani. Diimeen fuuldura gaarichaa fiiguu jalqabde. Gaarichi saffisa isaa dabale. Diimeen guluffiidhaan bira ga'uuf yaalte. Moggaa Gaarii gulufaa "Magaal! Magaal! Magaal!" jettee isa waamte. Magaal waan akka jeequmsa alaa geggeessama jiru dhaga'ee fuula isaa isa sarara adii adda isaa irraa hanga funyaan isaatti gadi bu'u qabu sana karaa foddaa hududuuba gaarii fe'umsichaa jiruun gadi baase.

"Magaal!" jechaa sagalee sodaachisaadhaan iyyite Diimeen. "Magaal hatattamaan ba'i si ajjeesuudhaaf si geessaa jiru."

Bineeldootni hundi isaanii "Magaal ba'i! Magaal ba'i!" jechaa sagalee tokkoon iyyuu jalqabani. Haa ta'u malee gaariin fe'umsaa sun saffisa isaa dabalaa fi isaan irraa fagaaachaa ture. Magaal waan Diimeen dubbatte hubachuu isaaf homaa waan beekame hin turre. Ta'us, daqiiqaawwan murtaa'ani booda fuuli isaa foddaa isa xinnicha irraa bade. bakka isaa sagaleen dhiitichaa gaarii isa fe'ee jiru keessaa dhagahamuu jalaqabe. Magaal bilisa of baasuuf tirachaa ture. Yeroo itti dhiitichi xiqqoo kotteewwan Magaal gaarii fe'umsaa akkanaa bittinsu jira ture. Garuu nii raawwate! Humni isaa ganee jira. Sagaleen wal'aansoo xiqqoo erga dhaga'amee booda sagaleen dhiitichaa Magaal cal jedhe. Bineeldootni bitaa yeroo isaanitti galu fardoota warreen gaarii fe'umsichaa harkisan sana kadhachuu jalqabani. "Jaalleewwan! Jaalleewwan!" jechuudhaan iyyani. "Obboleessa keessan gara du'aatti hin fudhatiinaa." Haa ta'u malee Fardeen warreen gara jabeeyyii wallaaloon sun wanta ta'aa jiru hubachuu dadhabanii gurroota isaanii gara hudu duubaatti dhaabanii saffisa isaanii dabalani.

Fuuli Magaal lammata gara foddichaatti hin deebine. Bineeldoota gidduudhaa inni tokko dafee deemuudhaan balbala guddicha buufata qonnichaa cufuuf yaadee ture. Ni dursame. Gaariin fe'umsichaa daqiiqaa dhumaa sana keessatti balbala buufatichaa darbee irraangadee karaa isa guddaa qabatee saffise. Magaalis ergasii asi hin argamne.

Gargaarsa fardi tokko argachuun isa irra jiru godhamuufis guyyaa sadi booda Magaal Hospitaala Leeqaa keessatti boqochuun isaa ni himame. Boqochuu isaa bineeldootatti himuu kan dhufe Qaqawwee ture. "Daqiiqaawwan bara jireenyaa Magaal warreen dhumaa keessatti isa waliinan ture." Isaaniin jedhe. "Halkanichi halkan miiraan guutame bara jireenya koo guutuutti na quunnamee hin beekne ture." jedhe Qaqawween, miila isaa fuulduraa kaasee imimmaan lakkuu ta'ee bu'u ija isaa irraa haxaawwachaa. "Hanga daqiiqaa isa dhumaatti miiljala isaa irraa adda hin banen ture. Dhuma irrattis bara jireenya isaatti kan gaddu Annisa qilleensichaa utuu hin xumuriin du'uu isaatiin akka ta'u gara gurrakootti jedhee sagalee asaasu baay'ee dadhabeen natti hime. 'Gara fuulduraatti jaalleewwan koo!' jedhee natti asaase. 'Maqaa fincilichaatiin gara fuulduraatti! Bakki qonnaa Bineeldootaa bara baraan haa jiraatu! Shawwisaan yeroo hundumaayyuu sirrii dha!' lubbuun isaa isa irraa adda ba'uu isheetiin dura jechootni inni dubbate warreen kana turani jaalleewwan koo."

Kana dubbatee yeroo fixu bifti Qaqawwee gegeeddaramee

daqiiqaawwan muraasaaf calleensaan liqimsame. Ijootni isaa warri xixiqqoon sun bitaa mirga asii achi jechaa bineeldoota haala shakkiidhaan ilaalani. Xiqqoo turees haasaa isaa itti fufe.

"Magaal yeroo wallaansaaf fudhatametti hamiin dadhabaa fi gatii hin qabne akka haasa'ame hubadheen jira." Jedhee jelqabe Qaqawween. "Bineeldooliin tokko tokko gaariin fe'umsaa Magaaliin fuudhee deeme barreeffama 'qalma Fardaa' jedhu akka of irraa qabu hubatanii jiru. Kana irraa ka'uudhaan Magaal warra farda qalaniif kennamee jira jechuudhaan yaada dimshaashaa jarjarsuu irra ga'anii jiru. Bineeldi wallaalaan akkamii yaada dimshaashaa gatii hin qabne akkasii irra ga'uu akka danda'e na dhiba. Dhugaa haasa'uuf taanaan dursaa keenya isa jaallatamaa Shawwisaadhaan kan kana irra caaluun isa hin beekani jechuudhaa?" jedhee iyye Qaqawween, eegee isaa oliif gadi raasaa fi bitaa mirga of tuulee tarkaanfachaa. Ibsi kanaa baay'ee salphaa ture. Gaariin fe'umsichaa duratti qabeenya Nama farda qaluu kan ture yeroo ta'u, booda irra namni wallaanaa bineeldoota ta'e kun isa harkaa bite. Haa ta'u malee namichi wallaanaa bineeldootaa kuni maqaa isaa isa duraa utuu hin jijjiirriin waan tureef dogoggorri akkanaa kan uumame.

Bineeldootni kana dhaga'uu isaanii irraan kan ka'e waan akka fe'umsi wayii gateettii isaanii irraa isaaniif bu'ee afuura galchatani. Qaqawween ibsa isaa isa fakkiidhaan guutame sana itti fufuudhaan waayee sa'aatii dhumaa du'a Magaal dura turee, waayee wallaansa baay'ee galatni galuuf isaaf godhamee, Shawwisaan daqiiqaa tokkoofillee waayee baasii isaa utuu hin dhiphatiin qorichootni gatiin isaanii mi'aawoo ta'ani bitamanii Magaal akka wallaanamu gochuu isaa yeroo isaanitti himu shakkiin isaanii isaanirraa deemee, gaddi gadi fagoo du'a jallee isaaniitiin isaanitti dhagahamee ture, xiqqatus yeroo du'a isaa gammachuudhaan addunyaa kana irraa adda ba'uu isaa baruu danda'uu isaaniitiin isaaniif salphate.

Dilbata itti aanu ganama Shawwisaan walga'ii irratti argamuudhaan Kabaja Magaaliif haasaa gaddaa gabaabaa godhe. Reeffa jaallee isaanii isa gaddaan walitti galaniif sana awwaalchaaf fiduun akka hin danda'amne fi bakka isaa abaaboo walitti hidhame bakka biqiltuu abaaboo Godoo isa guddichaatii ciramee qophaa'e awwaala isaa irra akka kaa'amu gochisiisuu isaa isaanitti hime. Torbeewwan murtaa'aniin booda warreen booyyee yaadannoo Magaaliif affeerraa irbaataa kan godhani ta'uu isaa isaaniif ibse. Shawwisaan haasaa isaa kan xumure qajeelfama dhuunfaa Magaal lammaniin ture.

"Irra caalaatti jabaadheen hojjedha." fi "Jaallee Shawwisaan yeroo hunda sirrii dha." warreen jedhuu sanaan. "Qajeelfamni dhuunfaa Magaal kanneen…" jedhe Shawwisaan. "Bineeldootni hundinuu qajeelfama dhuunfaa isaanii godhatanii fudhachuutu isaan irra jira."

Guyyaa itti affeerraan yaadannoo Magaal godhama jedhame ir-ratti gaariin fe'umsaa Leeqaatii dhufe jedhame tokko mooraa bakka jireenyaa warreen booyyee meeshaa guddaa saanduqa mu-kaan samsame fidee buuse. Guyyaa sana galgala sirbi waaqaa fi lafa walitti make ni dhaga'ame. Xiqqoo turees sagaleen sirbichaa sagalee lola cimaa ta'een bakka bu'ame. Gara halkan keessaa sa'atii kudha tokkoo yeroo ta'u jeequmsichi sagalee caba Xaar-muza wuskii akka dhuka'aa iyyeen tasgabbaa'e. Bulee isaa hanga walakkaa guyyaatti Godoo guddicha keessaa lubbuun socho'u tookkolee hin argamu ture. Akka oduu buufata qonnichaa kees-satti odeessamaa jirutti yoo ta'e warreen booyyee sababa wayii tokkoon yookiin maallaqa iddoo biraatii argataniin saanduqa wuskii kan biraa ofii isaaniif bitanii fichisiisatanii ture jedhama.

BOQONNAA KUDHAN

*Bineeldootni Hundi wal-
qixa. Haa ta'u malee…*

Waggootni hedduunis nii darbani. Yeroon ni dhufa ni deemas. Barri jireenyaa bineeldootaa inni gabaabaan ni fiiga. Diimee, Jaarsoo, Cillimoo allaatticha isa gurraacha fi warreen booyyeen ala waayee bara isa fincilicha dura turee kan yaadatu hin jiru.
Shaashoon duutee jirti. Hagamsee, Kolaas fi Jeedaloon du'anii jiru. Dajjaash Bulchaan du'ee jira. Kutaa biyyaa kan biraa ganda warreen sooramtootaa keessatti ture kan du'e. Qerreensoon irraanfatamee jira, Warreen dhiyootti isa beekan malee. Magaal irraanfatamee jira. Diimeen dulloomtee jirti. Qaamni ishee ni romma. Ija ishee dura isheetti duumeessa'uu jalqabee jira. Bara soorama ba'uun isheetti ture irraa waggaa lama isheef darbee jira. Bineeldi hanga har'aatti soorama ba'e tokkooyyuu hin jiru. Yaadni lafti margaa sooramtootaaf oolu qobaatti ba'ee dallaan utuu itti ijaarame jedhus fudhatama erga dhabee bubbulee jira. Shawwisaan booyyee kiiloo dhibba tokkoo fi shantamii lama ulfaatu umurii ga'eessa irra jiru ta'ee jira. Qaqawween furdachuu isaa irraan kan ka'e ijootni isaa waan jalaa badani fakkaatu. Jaarsoo qofa ture badaa kan hin jijjiiramne, Areedni gara afaan isaa jiru harrii biqilchuu isaatiin ala. Du'a Magaaliin booda irra caalaatti kan gadduu fi caalaatti callisaa ta'ee jira.
Bara isa ammaa uumama hedduutu buufata qonnichaa keessa jiraata. Baay'inni lakkoofsa isaanii garuu dur tilmaamamee akka ture miti. Warreen fincilichaan asitti dhalataniif baay'ee isaan-

iif fincilichi seenaa bara durii oduu oduu keessa dhaga'ani ta'ee jira. Warreen bitamanii buufata qonnichaa dhufanimmoo fincilli godhamuu isaayyuu erga dhufanii booda ture kan dhaga'ani. Diimeetiin ala bakki qonnichaa Fardoota sadi qaba. Jaboo, warra fedhii hojii qaban fi fardeen jaalleewwan amala qabeeyyii turani. Garuu wallaaloo dha. Tokkoon isaaniiyyuu jechoota 'B' tiin oli jirani barachuu hin dandeenye. Waayee fincilichaa fi waayee qajeelfama bineeldummaa Diimee irraa dhaga'ani hunda amananii fudhatanii jiru. Haa ta'u malee waan isaanitti himame kana sirriitti hubachuun isaanii baay'ee shakkisiisaa dha.

Bakki qonnichaa yeroo ammaa irra caalaatti duroomee jira. Gurmaa'ina fooyya'aa qaba. Lafa qonnaa babal'oo Jiilchaa harkaa bitamani irraan kan ka'e isa durii irra caalaa guddatee jira. Annisi qilleensichaa haala quubsaa ta'een ijaaramee dhumee jira. Amma bakki qonnichaa abbaa meeshaa marga gogaa hidhamee tumuu fi kaasuu ta'ee jira. Godoowwan haaraa hedduunis ijaaramanii jiru. Bojaan ofii isaaf gaarii geejjibaa bitatee jira.

Annisi qilleensichaa hojii irra kan oole garuu humna electriikaa burqisiisuuf hin turre. Baabura daaktuu boqqolloof tajaajila kennaa kan jiru yoo ta'u kunis burqaa galii maallaqni hedduun itti argamu ta'ee jira. Bineeldooliin ijaarsa Annisa qilleensaa kan biraa irratti kufanii ka'uu jalqabanii jiru. Akka odeessamutti yoo ta'e Annisi qilleensaa inni eegalame yeroo xumuramu dinaamoon nii galaaf. Bara baay'ee dura Qerreensoon bineeldootni abjuu ifa gammachuu fi carraa gaariidhaan guutame akka abjootani isaan barsiisee ture. "Annisi qilleensichaa yeroo xumuramu, bakki jireenyaa bineeldootaa hundi ibsaan elektriikaa isaaniif gala. Bishaan qabbanaa'aa fi ho'aa nii qabaatu. Torbeetti kan hojjetani guyyoota sadi qofa ta'a." isaaniin jedhee ture. Har'a garuu waayee dhimma kanaa kan kaasuyyuu tasa hin jiru. Shawwisaan "Yaadootni akkanaa kuni afuura bineeldummaa waliin kan wal faalleessan dha." Jechuudhaan balaaleeffatee jira. "Gammachuun dhugaa kan argamu" isaaniin jedhe Shawwisaan. "Jabaattanii hojjechuu fi qusannoodhaan jiraachuudhaani."

Warreen Booyyee fi warreen Sarootaan ala bineeldootni warreen kaan hiyyoomaa, Bakki qonnichaa garuu qabeenya irratti qabeenya dabalataa guddina irra ture. Tarii sababni kanaa booy-yootni hedduu fi Sarootni dheegdootni hedduun jiraachuu isaanii irraan kan ka'e ta'uu nii danda'a. Uumamni kunneen hojii hin hojjetani jechuu miti. Akkaataa ramaddii isaaniitti hojjechuun isaanii hin hafne.

Qaqawween dadhabsuu tokko malee akka isaaniif ibsutti yoo ta'e, bakka qonnichaa to'achuu fi walitti gurmeessuudhaan hojii dhuma hin qabnetu jira. Gita hojii kanaa hubachuun beekumsa bineeldootaatiin ol ture. Fakkeenyaaf akka Qaqawween isaan-itti himetti yoo ta'e, guyyaa guyyaadhaan dhimmoota dhoksaa isaaniif ifa hin taane 'Faayila', 'Gabaasa', 'Qaboo-yaa'ii' fi 'Yaadan-noo' jedhamani irratti warreen booyyee humna guddaa balleessu. Dhimmoota dhoksaa ta'ani kana jechuun egaa waraqaawwan dhedheeroo irra isaanii iirratti barreeffama qabani jechuu dha. Waraqaaleen sun erga isaan irratti barreeffamee booda ni gubatu. Hojiin kuni guddina bakka qonnichaaf gocha barbaachisummaa ol-aanaa qabu akka ta'e Qaqawween isaaniif ibsee jira.

Haa ta'u malee warreen booyyees ta'ani sarootni warri dheeg-dootni, nyaatni isaan dafqa mataa isaaniitiin oomishani jiraatee hin beeku. Lakkoofsi isaanii hedduu yeroo ta'u, dandeettiin nyaa-chuu isaaniimmoo baay'ee ol- aanaa ture.

Bineeldoota warreen kaaniin ilaalchisee garuu hanga lubbuu isaanii beekanitti jireenya isa duraa irraa wanti jijjiirame hin jiru. Yeroo baay'ee ni beela'u. Marga gogaa irra ciisu. Bishaan eela kees-saa dhugu. Bakka qonnichaa irra oliif gadi jechaa oolu. Qorri gan-naa walitti isaan kottoonfachiisa. Yeroo bonaammoo titiisootni isaan weeraru. Gidduu isaaniidhaa warri umuriidhaan dheeroo takka takka gara duubaatti deebi'anii fincilichi eegalee, Dajjaash Bulchaan ari'amee, waayee jireenya bulee isaa turee yaada guuru. Jireenya amma jiraataa jiran irra kan fooyya'e yookiin kan gad-hate akka ture yaadachuuf yaalu. Garuu yaadachuu hin danda'ani. Yeroodhaa gara yerootti herregoota guddinnii fi fooyya'umsi dhufuu isaa agarsiisani kan Qaqawween isaaniif tarreessee kaa'uun alatti ka'umsa madaalli jireenya amma jiraataa jiranii it-tiin wal bira qabanii madaaluu danda'ani hin qabani ture.

Jaarsoo isa jaarsa qofaatu dhimma tokkoon tokkoon jireenyasaa isa umurii dheeraa akka yaadatu dubbata. "Jireenyi biyya lafaa yoo taate kana irra fooyyooftees hadhooftees akka hin beekne sirriittan beeka." Jedha. "Beela, olii fi gadi raasamuu fi abdii dhabuun seera uumamaa kan hin jijjiiramne dha." Jechuudhaan dubbatee jira.

Kunis ta'ee, bineeldooliin gonkumaayyuu abdii hin kutanne. Guutummaa biyyaatti, Guutummaa Oromiyaatti, bakki qonnaa bineeldaan qabamee fi bineeldaan hoogganamu kan isaanii qofa waan tureef, qaama bakka qonnaa bineeldootaa ta'uu isaaniitiin miirri addaa fi kabajni guddaan isaanitti dhagahamu yeroo xiqqoofillee tasa hin badne. Isaan gidduudhaa eenyullee, warreen dargaggoo fi warreen haaraan biyya fagoo irraa bitamanii dhufanillee utuu hin hafiin, bakka qonnaa bineeldootaa ajaa'ibsiifachuu irraa of qusatanii hin beekani.

Qawween isaanii yeroo dhukahu yeroo dhagahanii fi alaabaan isaanii inni magariisi fannisamee yeroo argani lapheen isaanii miira guddaa yoomuu hin duuneen guutama. Oduchis jijjiiramee waayee gootummaa isa bara durii, waayee ari'amuu Dajjaash Bulchaa, waayee tumamuu ajajawwan torban sanneenii fi waayee waraana isa guddichaa weerartootni warreen dhala namaa irratti injifatamanii ta'a.

Abjuu isaanii isa bara durii baranas hin irraanfatne. Raagawwan Maanguddoo Daalachoon isaaniif raagee ture, waayeen dhaabbachuu Rippaablika bineeldootaa fi waayeen dhimma dirreewwan Oromiyaa warreen magariisa ta'ansun hundi to'annoo warreen dhala namaa jalaa bilisa ni ta'uu jedhu har'as itti amanama. Guyyaa tokko ni dhugooma. Yeroo dhiyootti ta'uu dhiisus garuu dhugoomuu ni danda'a. Tarii umurii bineeldoota har'a lubbuudhaan jiranii keessatti ta'uu dhiisuu ni danda'a ta'a. Ta'us garuu, dhugoomuun isaa waan hin hafne dha. Tarii faarfannaan 'Bineeldoota Oromiyaa' utuu hin hafiin asiif achitti dhoksaadhaan utuu hin faarfatamiin hin oolu. Hagamillee tokkoon isaaniillee sagalee isaanii ol kaasanii faarfachuudhaaf garaa jabaachuu baatanis, bineeldootni buufata qonnichaa keessa jiraatani hundi isaanii faarfannicha beekuu isaaniidhaaf garuu wanti shakkisiisu hin turre.

Jireenyi isaanitti ulfaatee abjuun isaanii hundi hin dhugoomne ta'a. Ta'us garuu isaan bineeldoota warreen kaan irraa adda kan ba'ani ta'uu isaanii sirriitti ni beeku. Yoo beela'anis dhala namootaa warreen gara jabeeyyii simachuu isaanii irraan kan ka'e hin turre. Yoo dhama'anis, xiqqatus kan dhama'ani mataa isaaniif ture. Isaan gidduudhaa uumamni kamillee miila isaa lamaan dhaabbatee hin deemne. Bineeldi kamillee isa biraadhaan gooftaa koo jedhee hin waamu. Bineeldootni hundi wal qixa turani.

Yeroo bonaa keessa guyyaa tokko Qaqawween Hoolotni akka isa hordofani isaan ajajee gara lafa buufata bakka qonnichaa irraa gam-tokkeetti argamu kan isaan itti hin fayyadamne isaan fuudhee deeme. Bakkichi dhummuuggaadhaan kan guutame ture. Gaggeessummaa Qaqawweetiin Hoolotni kunneen baala dhummuuggichaa ciraa oolani. Yeroo dhihu inni gara Godoo isa guddichatti yeroo deebi'u, qilleensi galgalichaa ho'aa waan tureef isaan garuu bakkuma jirani akka bulani isaanitti himee. Bineeldootni warri kaan eessa akka isaan jirani utuu hin beekiin Hoolootnis torban tokkoof achuma turani. Yeroo baay'ee isaa Qaqawween isaan waliin ture. Akka ibsa Qaqawweetti Hoolota kanneeniif bakka calleensa isaan barbaachisutti isaan geessee faarfannaa haaraa isaan barsiisaa ture.

Hoolotnis erga qeetti deebi'anii booda halkan tokko bineeldootni hojii guyyaa isaanii fixanii gara godoowwanii deemaa utuu jiranii iyyi fardaa sodaachisa ta'e tokko dirricha qaxxaamuree isaanitti dhaga'ame. Bineeldootnis naasuudhaan bakka bakka jiran dhaabbatani. Iyya sagalee Diimee ture. Irra deebitee iyyite. Yeroo kana bineeldootni hundi gara dirrichaatti ariitiidhaan fiigani. Isaanis wanta Diimeen argitee iyyite argani.

Booyyeen ol dhaabbatee luka isaa lama qofaan deemaa ture!

Eeyyeen! Qaqawwee dha. Bifa qaama isaa hamma sana ga'u baachuu dadhabe fakkaatuun ta'us, tokkollee utuu hin gitintiriin madaallii qaama isaa dheeguun deemaa dirricha irra qaxxaamure. Daqiiqaawwan muraasa booda Godoo isa guddicha keessaa booyyootni hedduun hiriiraan gadi ba'ani. Hundi isaaniiyyuu miila isaanii isa hududuubaa lammaniin dhaabbatanii ture kan deemani. Warreen tokko tokko warreen kaan irra adeemsicha irra caalaatti itti danda'anii jiru. Muraasni isaanii akka gitintiruu wayii isaan godhee ulee itti hirkatani kan isaan barbaachise fakkaatanis garuu hundi isaanii dirricha haala quubsaa ta'een naanna'ani.

Dhuma irratti iyya sarootaa guddaadhaan fi kukkuluu'u'ukkuu kormaa Handaanqootiin marsamee dhaabbii tolee miila isaa lamman duubaatiin dhaabbatee bitaa fi mirga isaa ilaallachaa onnee guutuudhaan asii achi ilaalaa fi sarootni warreen isa dheegani naannaa isaa duk duk jechaa Shawwisaan achii as ba'e.

Quba miila isaa fuulduraa gidduutti alangaa qabatee jira.

Calleensa sodaachisaa ta'etu Uumame. Bineeldootni raajeeffannoo fi miira jeeqamuudhaan tokkummaadhaan walitti siiqanii. Hiriira dheeraa warreen booyyee dirricha suuta naanna'aa jiranii yeroo argani waaqniif lafti waan wal makate isaanitti fakkaate. Naasuun hamaan inni jalqabaa akka isaaniif darbetti saroota sana waan isaan sodaataniif waggoota keessatti muuxannoo fudhataniin waan isaanitti dhagahame dubbachuu dhiisuu fi gonkumaayyuu dheekkamuu dhiisuun amala isaanitti ta'ee jiraatus, wanti barbaade itti aansee isaanitti dhufus, utuu isaanitti hin beekamiin sagalee mormii baasuun isaanii hin hafu ture. Yeroo kana waan akka mallattoon ajajaa adda ta'e isaaniif darbee Hoolootni hundi tokkummaadhaan sagalee guddaadhaan akka itti aanutti dhaadeeffachuu jalqabani.

"Warreen miila afurii garii warreen miila lamaa kan fooyya'ani! warreen miila afurii garii warreen miila lamaa kan fooyya'ani!"

Utuu wal irraa adda hin kutiin dhaadannoo isa haaraa daqiiqaa shaniif dhaadatani. Yeroo Hoolootni dhaadannicha dhaabanitti carraan mormii dhageessisuu isaaf raawwatee ture. Sababni isaas warreen booyyee hiriiraan gara Godoo bakka jireenya isaaniitti deebi'anii waan turaniif. Jaarsoon gateettiin isaa yeroo tuqamu isatti dhagahamee fuula isaa duubatti naanneesse. Diimee turte. Ijootni ishee warri dulloomani caalaatti waan fajajani fakkaatani. Homaa utuu isatti hin dubbattiin mallattoo itti agarsiistee bakka ajajootni torban sun barreesamanii jiraanitti gara man kuusaa isa guddaa isa fuutee deemte.

"Dandeettii ilaaluu koo dhabaan jira" Jette dhuma irratti. "Dargaggeettii ta'eellee achi irratti wantoota barreessamani dubbisuu hin danda'un ture. Garuu dhaabbii manichaa yeroon ilaalu amma waan addaa ta'ee fakkaatee natti argama. Ajajootni torban sunneen akkuma dur turanidhaa Jaarsoo?"

Jaarsoon yeroo jalqabaaf seera callisuu mataa isaa cabsuudhaaf murteesse. Dhaabbii manichaa irratti isa barreessames isheef dubbise. Dhaabbii manichaa irra ajaja tokkoon ala ajajni kan biraan hin turre. Akkana jedha.

Bineeldootni hundinuu wal qixa. Haa ta'u malee bineeldootni muraasni warra kaan irra caalaatti wal qixa dha.

Egaa kana booda, bulee isaa, warreen booyyeen hundi isaanii alangaa qabatanii bineeldoota warra olaantummaadhaan hojjechiisani to'achuu eegaluun isaanii waan raajeeffachiisaa hin turre. Raadiyoonii ofii isaaniif bituun isaanii, toora bilbilaa galchisiifachuudhaaf waliigaltee Uumuun isaanii, Gaazexootaa fi Maxxansoota adda addaa ajajuun isaanii yeroo beekamu wanta haaraa hin turre. Shawwisaan bakka fuduraa Godoo isa guddaatti Piippaa qabatee sijaaraa Xuuxaa argamuun isaa wanta isaan raajeeffachiisu hin taane. Warreen Booyyee uffata Dajjaash Bulchaa saanduqa keessaa baasanii yeroo uffatani Shawwisaa mataan isaa kootii gurraachaa fi surrii jilba isaatiin gadi kal'ee irraa hojjetame uffatee, Booyyee ishee inni booyyoota dhaltuu warreen kaan irra ofitti ishee siiqsummoo qamisii jersii haati warraa Dajjaash Bulchaa dilbata yeroo hundaa uffattu turte uffattee, haala kanaan argamuun isaanii waan haaraa fi ajaa'ibsiisaa hin taane. Gonkumaayyuu.

Kuni ta'ee torbee isaatti guyyaa tokko waaree, gaariiwwan hedduun gara buufata qonnichaa dhufani. Ergamtoota addaa daawwannaadhaaf affeeramani qonnaan bultoota warreen olla jirani irraa dhufani turani. Warreen Booyyee bakka qonnichaa irra naanneessanii isaan daawwachiisani. Daawwattootnis waan argani hunda isaatti raajiidhaan guutamuu isaanii ibsani. Hunda keessaammoo Annisa qilleensichaatti. Bineeldootnis aramaa buqqisaa turani. Bakka itti gadi gugguufanii jiranii boquu isaanii utuu ol hin godhiin of eeggannoodhaan ture kan hojjetani. Warreen daawwattoota dhala namaadhaan haa ta'uu warreen booyyee, lamman isaanii keessaa warra kamiin caalaatti akka sodaatani garuu hin beekani.

Galgala sana kolfi guddaa fi sirbi baay'ee ho'aan Godoo warreen booyyeen keessa jiraatani keessaa dhagahame. Bineeldootni sagaleewwan wal makatani kana yeroo dhagahani miirri maalummaa isaa baruu isaan keessatti Uumame. Godoo sana keessatti maaltu adeemsifamaa jira laata? Bineeldootnii fi dhalli namaa yeroo jalqabaatiif walqixxummaadhaan walga'ii taa'anii jiruu laata? bineeldootni hundi sagalee utuu hin dhageessisiin gara mooraa isa guddichaa deemani.

Balbala moorichaa bira yeroo ga'ani shakkiidhaan dhabbatani. Lapheen isaanii walakkaan ni sodaate. Diimeen garuu isaan jajjabeessite. Gara Godoo isa guddichaas sagalee isaanii balleessanii dhiyaatani. Bineeldootni warreen dhedheeroo foddaa mana nyaatichaa irraan karaa qaawwaa gara keessaatti ilaalani.

Eeyyeen! taa'umsa nyaataa isa geengoo namoota ja'aa fi warreen booyyee qaama hooggansaa ta'ani hhedduu marsanii taa'anii jiru. Shawwisaan kan taa'e taa'umsa kabajaa irra yeroo ta'u, warreen booyyeen hundi isaanii akkaataan taa'umsa isaanii haala bashannanaatiin ture. Walga'amtootni tapha kaartaadhaan bashannanaa turani. Tapha isaanii addaan kutanii dhugaatii isaanii miira baga gammadne jedhuun dhuguuf ol kaka'anii dhaabbatani. Moqorqoraa guddaan naanna'aa daadhiin qabeetti isaaniif guutama. Bineeldoota karaa qaawwaa foddaa raajeeffannoodhaan isaan ilaalaa jirani garuu kan hubate hin turre.

Obbo Jiilchaa abbaan qabeenyaa Migira Hadurree Qabee isaa akka harkatti qabatetti ol ka'e. Xiqqoo turee walga'amtootaaf baga gammadneedhaaf Qabee isaanii akka walitti rukutan akka isaan affeeru dubbate. Kuni ta'uu isaan dura garuu wantoota muraasa ta'ani dubbachuun irra jiru akka qabu isaaniif ibse.

"Gammachuu baay'ee guddaa ta'etu natti dhaga'amee jira. Shakkii tokko malee ana qofa utuu hin ta'iin warreen asitti argamtan hundi keessan gammaddanii akka jirtan abdiin qaba." jedhee jalqabe. "Baroota dheeraaf wal amanuu dhiisuu fi walii galuu dhabuun gidduu keenya ture dhuma irratti dhaabbatee

jira. Anis ta'e ergamtootni addaa asitti argamtani warreen kan biro ilaalcha guutummaa guutuudhaan tokkummaadhaan nuti qabnu jira turre jechuudhaaf rakkisaa ta'us, bara kanaan dura ture keessatti hoogganaan kabajamaa bakka qonnaa bineeldootaa kan inni ilaalamaa ture diinummaadhaan ture jechuudhaaf hin danda'u. Haa ta'u malee sadarkaa murtaa'een olloota isaa warreen dhala namaadhaan ija shakkiitiin ilaalamaa ture. Haalootni barbaachisoo hin taane uumamanii turani. Yaadootni dogoggora ta'ani oliif gadi facaa'anii turani. Bakki qonnaa qabeenya warreen booyyee ta'ee fi warreen booyyeedhaan hoogganamu jiraachuun isaa waan argamee hin beekne ta'uu isaa qofa utuu hin ta'iin, ollaawwan isaa irratti tasgabbii dhabumsa geessisa soda jedhu fidee ture. Qonnaan-bultootni hedduun isaanii sirriitti qorannoo utuu hin godhiin akka tilmaamanitti, bakka qonnaa kana fakkaatu keessatti seera dhabeessummaan ni uumama jedhanii turani. Jiraachuu fi jiraachuu dhiisuun bakka qonnaa kanaa bineeldoota warreen isaan hoogganan irratti qofa utuu hin ta'iin warreen dhala namaa qacarriidhaan isaan hojjechiisani irrattis dhiibbaa ni fida jechuudhaan sodaan isaan galee ture. Egaa kunoo shakkiin suni hundi gatii dhabeessa ta'ee argame" Jedhe Jiilchaan. Akkaataa amantee Jiilchaatiin guyyaa har'aa inniif hiriyyootni isaa tokkoo tokkoon taakkuu bakka qonnaa bineeldootaa oliif gadi naanna'anii qaroo ija isaaniitiin qoratanii jiru. Egaa maal argani? Haala bulchiinsaa baay'ee ammaayyaa'aa ta'e inni qabu qofaa utuu hin ta'iin si'aayina isaa fi haalli gadi bu'umsa hojimmaata isaa qotee bulaa iddoo kamitti argamuufis bakka qonnaa fakkeenyaa ta'uun isarra jiru ta'uu isaas hubachuu danda'anii jiru. Karaa dhuunfaasaa daawwannicha irraa akka hubatetti bineeldooliin gadi aanoo bakka qonnaa bineeldootaa keessatti argamani hundi isaanii bineeldoota isaan qixa ta'ani guutummaa biyyittii keessatti argamani irra caalaatti kan hojjetanii fi nyaata xiqqaa ta'e kan argatani dha jedhee amana. Innii fi ergamtootni addaa warreen kaan halawwan bulchiinsaa faayidaa qabeeyyii ta'ani har'a argani kana, oolanii utuu hin buliin bakkeewwan qonnaa isaaniitti jiruu irra ni oolchu.
"Haasaa koo kanaanan raawwadha" jedhe Jiilchaan. "Miirri harii-

roo gaarii bakka qonnaa bineeldootaa fi ollaawwan isaa gidduu jiru irra caalaatti dhaabbii ta'uun akka irra jiru yaadawwaan dhimma kana jajjabeessan kennuudhaan ta'a. Wallaansoowwan isaanii fi gufuuwwan isaanii bifa tokko waan ta'aniif warreen booyyee fi dhala namaa gidduu walitti bu'iinsi fedhii dursee kan hin turre yeroo ta'u, gara fuulduraattis jiraachuun isa irra hin jiru. Rakkoon hojjetaa hunda keenya bira hin turree?"

As irratti Obbo Jiilchaan walga'amtootaaf ergaa qeeqaa sirriitti itti yaadamee qophaa'e tokko dabarsuu waan barbaade fakkaate. Ta'us garuu ergaa qeeqaa dubbachuu barbaade irratti keessa isaatti baay'ee raajeeffamaa waan tureef jechoota isaa gadi baasee dubbachuudhaaf ni rakkate. Daddabalees gorora isaa erga liqimsee fi foon morma isaa wal irra naqamanii jirani sababuma kanaan diimatanii somba erga fakkaatanii booda waan dubbachuu barbaade afaanii baafate.

"Isin Bineeldoota gadi aanoo qabaattanii gammadoo yoo taatani" jedhe Jiilchaan. "Nutis gosoota gadi aanoo qabna"

Ergaan qeeqaa kuni warreen taa'umsa nyaataa isa geengoo marsanii taa'anii turani hunda kolfaan isaan fixe. Obbo Jiilchaan rabsanyaataa gadi aanaa bakka qonnaa bineeldootaa keessatti hubate, waayee sa'aatii hojii dheeraa fi mala bulchiinsaa qabbaxadhabeessa waliigalaa isaan qabanii ilaalchisee warreen booyyeedhaan irra deebi'uudhaan "Baga gammaddani" isaaniin jedhe.

"Egaa amma" jedhe Jiilchaan. "Bakka taa'umsa keessaniitii akka kaatanii fi Qabeen keessan guutuu ta'uu isaa akka mirkaneeffattanan isin gaafadha, kabajamtootaa!" Jedhe itti fufee Jiilchaan. "Qabee keessan dagaagina bakka qonnaa bineeldootaaf kaasaa!"

Gammachuun guddaa dhiiticha lafaatiin guutame ni ta'e. Shawwisaan bakka taa'ee ka'ee Jiilchaa bira deemuudhaan Qabee isaa kan Jiilchaa waliin walitti rukutee Daadhii keessa ture afuura tokkoon keessaa dhuge. Sirni Qabee walitti rukuchuu akka qabbanaa'etti (Shawwisaan hanga ammaatti miila isaa lammaniin akka dhaabatetti ture) innis jechoota dubbatu muraasa akka qabu ibse.

Akkuma haasaa Shawwisaa warra kaanii inni kunis gabaabaa fi ergaa isaa qofa kan qabate ture. Waliigaluu dhabuun Jiilchaa fi bakka qonnaa bineeldootaa gidduu ture dhaabbachuu isaatiin innis gammadaa ta'uu isaa dubbate. Qaama diina tokkoffaa bakka qonnaa bineeldootaa ta'een ololli adda addaa yeroo dheeraadhaaf tamsaafamaa ture jiraachuu isaa, ololli kunis Shawwisaa fi hiriyootni isaa bulchiinsa namaa isa seera qabeessa ture irratti fincila gaggeessuu isaanii qofa utuu hin ta'iin bineeldoota bakka qonnaawwan ollaa jiraatan keessattis fincila kakaasuuf kan yaalani godhamanii odeessamani turani. Olola adda addaa dhuga dhabeessa kanneeniin olitti wanti dhugaa irraa fagaate hin jiru.

Har'as ta'e duris, innis ta'e hiriyootni isaa, hawwii isaan qabani ollaawwan isaanii waliin nagaa fi walquunnamtii daldalaa tasgabbaa'aa ta'een jiraachuu ture. Buufatni qonnaa bineeldootaa kuni bulchiinsa isaatiin kan gaggeesamuu ta'uu isaatti kabajni kan isatti dhagahamu yeroo ta'u, qabiyyeen isaas dhaabbata gargaarsaa waliinii warreen booyyee dhaan kan dhuunfamee fi sanadni raggaasa abbummaas isa harkatti akka argamu dubbate.

Qabiyyee bakka qonnaa bineeldootaa bulchiinsa warreen booyyeetiin gaggeessamu gidduuttii fi warreen dhala namaa gidduutti walshakkileen turani duraanii har'as gidduu isaanii jiru jedhee akka hin amanne fi wal-amantee irra caalaatti jabeessuun akka danda'amuu fi wantoota amaleeffamani irra deddeebi'amanii bakka qonnichaa keessatti raawwatamanii turan irratti yeroo dhiyootti jijjiirraan godhamuu isaa isaaniif ibse.

Xumurame!

GALATA

Waaqa isa nu uumeen gaditti, Maatiikoo, Hiriyootakoo na gargaaran maraa fi Harmee kiyya Kitaaba kana katabuudhaan na gargaate Aadde Biraanee Tsaggaayeetiif